鲁迅作品单行本

集外集

鲁迅 著

人民文学出版社

图书在版编目(CIP)数据

集外集/鲁迅著.—2版.—北京:人民文学出版社,2022
ISBN 978-7-02-015274-2

Ⅰ.①集… Ⅱ.①鲁… Ⅲ.①鲁迅著作—选集 Ⅳ.①I210.2

中国版本图书馆 CIP 数据核字(2019)第 096322 号

责任编辑	刘　伟
装帧设计	陶　雷
责任印制	任　祎

出版发行	人民文学出版社
社　　址	北京市朝内大街 166 号
邮政编码	100705

| 印　　刷 | 三河市宏盛印务有限公司 |
| 经　　销 | 全国新华书店等 |

字　　数	140 千字
开　　本	880 毫米×1230 毫米　1/32
印　　张	6.875　插页 2
版　　次	1959 年 2 月北京第 1 版
	2006 年 12 月北京第 2 版
印　　次	2022 年 1 月第 1 次印刷

| 书　　号 | 978-7-02-015274-2 |
| 定　　价 | 26.00 元 |

如有印装质量问题,请与本社图书销售中心调换。电话:010-65233595

本书是作者1933年以前出版的杂文集中未曾编入的诗文的合集,1935年5月由上海群众图书公司初版,作者生前只印行一版次。这次只抽去已编入《三闲集》的《〈近代世界短篇小说集〉小引》和译文《Petöfi Sándor的诗》两篇。《咬嚼之余》、《咬嚼未始"乏味"》、《"田园思想"》三篇的"备考",系本书出版后由作者亲自抄出,原拟印入《集外集拾遗》的,现都移置本集各有关正文之后;《通讯(复霉江)》的来信则系这次抄补的;《〈奔流〉编校后记》初版时遗漏最后一则,现亦补入;所收旧体诗按写作时间的先后,在顺序上作了调整。

目 录

序言 ··· 1

一九〇三年

斯巴达之魂 ·· 6
说钼 ··· 18

一九一八年

梦 ··· 27
爱之神 ·· 28
桃花 ··· 29
他们的花园 ··· 30
人与时 ·· 31
渡河与引路 ··· 32

一九二四年

"说不出" ··· 36
记"杨树达"君的袭来 ··································· 38
关于杨君袭来事件的辩正 ······························ 46

烽话五则 …………………………………… 48
"音乐"? …………………………………… 50
我来说"持中"的真相 …………………… 53

一九二五年

咬嚼之余 …………………………………… 55
　【备考】:"无聊的通信"(仲潜,伏园) …… 57
　　　　　关于《咬文嚼字》(仲潜,伏园) …… 59
　　　　　《咬文嚼字》是"滥调"(潜源,伏园) …… 61
咬嚼未始"乏味" …………………………… 66
　【备考】:咬嚼之乏味(潜源) …………… 67
杂语 ………………………………………… 71
编完写起 …………………………………… 73
　【案语】: ………………………………… 74
俄文译本《阿Q正传》序及著者自叙传略 …… 77
"田园思想" ………………………………… 83
　【备考】:来信(白波) …………………… 83
流言和谎话 ………………………………… 88
通信(复霉江) ……………………………… 92
　【备考】:来信 …………………………… 93

一九二六年

《痴华鬘》题记 …………………………… 96
《穷人》小引 ……………………………… 98

通信(复未名) ································· 104
 【备考】：来信 ································· 105

一九二七年

文艺与政治的歧途 ································· 108

一九二九年

关于《关于红笑》 ································· 118
通讯(复张逢汉) ································· 124
 【备考】：关于孙用先生的几首译诗 ················· 125

一九三二年

《淑姿的信》序 ································· 128

一九三三年

选本 ································· 130

诗

一九一二年

哭范爱农 ································· 137

一九三一年

送O.E.君携兰归国 ································· 138

无题(大野多钩棘) …………………………………… 139
赠日本歌人 …………………………………………… 140
湘灵歌 ………………………………………………… 141

一九三二年

自嘲 …………………………………………………… 142
无题(洞庭木落楚天高) ……………………………… 144

一九三三年

二十二年元旦 ………………………………………… 145
题《彷徨》 …………………………………………… 146
题三义塔 ……………………………………………… 147
悼丁君 ………………………………………………… 149
赠人 …………………………………………………… 150
阻郁达夫移家杭州 …………………………………… 152

附 录

一九二八年——一九二九年

《奔流》编校后记(一——十二) …………………… 154

序　言[1]

　　听说：中国的好作家是大抵"悔其少作"[2]的,他在自定集子的时候,就将少年时代的作品尽力删除,或者简直全部烧掉。我想,这大约和现在的老成的少年,看见他婴儿时代的出屁股,衔手指的照相一样,自愧其幼稚,因而觉得有损于他现在的尊严,——于是以为倘使可以隐蔽,总还是隐蔽的好。但我对于自己的"少作",愧则有之,悔却从来没有过。出屁股,衔手指的照相,当然是惹人发笑的,但自有婴年的天真,决非少年以至老年所能有。况且如果少时不作,到老恐怕也未必就能作,又怎么还知道悔呢？

　　先前自己编了一本《坟》,还留存着许多文言文,就是这意思；这意思和方法,也一直至今没有变。但是,也有漏落的：是因为没有留存着底子,忘记了。也有故意删掉的：是或者因为看去好像抄译,却又年远失记,连自己也怀疑；或者因为不过对于一人,一时的事,和大局无关,情随事迁,无须再录；或者因为本不过开些玩笑,或是出于暂时的误解,几天之后,便无意义,不必留存了。

　　但使我吃惊的是霁云[3]先生竟抄下了这么一大堆,连三十多年前的时文,十多年前的新诗,也全在那里面。这真好像将我五十多年前的出屁股,衔手指的照相,装潢起来,并且给我自己和别人来赏鉴。连我自己也诧异那时的我的幼稚,而且近乎不识羞。但是,有什么法子呢?这的确是我的影像,——由它去罢。

不过看起来也引起我一点回忆。例如最先的两篇,就是我故意删掉的。一篇是"雷锭"的最初的绍介,一篇是斯巴达的尚武精神的描写,但我记得自己那时的化学和历史的程度并没有这样高,所以大概总是从什么地方偷来的,不过后来无论怎么记,也再也记不起它们的老家;而且我那时初学日文,文法并未了然,就急于看书,看书并不很懂,就急于翻译,所以那内容也就可疑得很。而且文章又多么古怪,尤其是那一篇《斯巴达之魂》,现在看起来,自己也不免耳朵发热。但这是当时的风气,要激昂慷慨,顿挫抑扬,才能被称为好文章,我还记得"被发大叫,抱书独行,无泪可挥,大风灭烛"[4]是大家传诵的警句。但我的文章里,也有受着严又陵[5]的影响的,例如"涅伏",就是"神经"的腊丁语的音译,这是现在恐怕只有我自己懂得的了。此后又受了章太炎[6]先生的影响,古了起来,但这集子里却一篇也没有。

以后回到中国来,还给日报之类做了些古文,自己不记得究竟是什么了,霁云先生也找不出,我真觉得侥幸得很。

以后是抄古碑。再做就是白话;也做了几首新诗。我其实是不喜欢做新诗的——但也不喜欢做古诗——只因为那时诗坛寂寞,所以打打边鼓,凑些热闹;待到称为诗人的一出现,就洗手不作了。我更不喜欢徐志摩[7]那样的诗,而他偏爱到各处投稿,《语丝》[8]一出版,他也就来了,有人赞成他,登了出来,我就做了一篇杂感,和他开一通玩笑,使他不能来,他也果然不来了。这是我和后来的"新月派"[9]积仇的第一步;《语丝》社同人中有几位也因此很不高兴我。不过不知道为什么没有收在《热风》里,漏落,还是故意删掉的呢,已经记不清,幸而这集子里有,那就是了。

只有几篇讲演,是现在故意删去的。[10]我曾经能讲书,却不善于讲演,这已经是大可不必保存的了。而记录的人,或者为了方音的不同,听不很懂,于是漏落,错误;或者为了意见的不同,取舍因而不确,我以为要紧的,他并不记录,遇到空话,却详详细细记了一大通;有些则简直好像是恶意的捏造,意思和我所说的正是相反的。凡这些,我只好当作记录者自己的创作,都将它由我这里删掉。

我惭愧我的少年之作,却并不后悔,甚而至于还有些爱,这真好像是"乳犊不怕虎",乱攻一通,虽然无谋,但自有天真存在。现在是比较的精细了,然而我又别有其不满于自己之处。我佩服会用拖刀计的老将黄汉升[11],但我爱莽撞的不顾利害而终于被部下偷了头去的张翼德[12];我却又憎恶张翼德型的不问青红皂白,抡板斧"排头砍去"的李逵,我因此喜欢张顺的将他诱进水里去,淹得他两眼翻白[13]。

一九三四年十二月二十日夜,鲁迅记于上海之卓面书斋。

*　　*　　*

〔1〕 本篇最初发表于1935年3月5日上海《芒种》半月刊第一期。

〔2〕 "悔其少作" 语出三国时杨脩《答临淄侯笺》："脩家子云,老不晓事,强著一书,悔其少作。"按子云即杨(一作扬)雄。他早年曾仿司马相如作有《甘泉赋》、《长杨赋》等,后来在所著《法言·吾子》篇里说:"或问:'吾子少而好赋?'曰:'然。童子彫(雕)虫篆刻。'俄而曰:'壮夫不为也。'"

〔3〕 霁云 杨霁云(1910—1996),江苏常州人,文化工作者。

〔4〕 "被发大叫"等语,出自《浙江潮》第一期、第二期(1903年2月、3月)连载文诡作《浙声》一文。该文概述越王勾践和明朝亡国时有关浙江的史实,第二期所载部分中有"荒天绝叫,鬼哭燐飞,无涕可挥,大风灭烛";"我自被发东走,虽获一二之传之书,则又择焉不精,语焉不详";"二百年来,安见无名山万重,抱经独往之徒遁灭其中"等语句。

〔5〕 严又陵(1854—1921) 名复,字又陵,又字几道,福建闽侯(今属福州)人,清末启蒙思想家、翻译家。早年留学英国。1895年他译述英国赫胥黎的《进化论与伦理学及其他论文》的前两篇,于1898年以《天演论》为题出版。"涅伏",拉丁语 Nervus 的音译,见该书卷上《广义篇》:"官与物尘相接,由涅伏以达脑成觉。"

〔6〕 章太炎(1869—1936) 名炳麟,号太炎,浙江余杭人,清末革命家、学者。光复会的发起人之一,后参加同盟会,主编《民报》。他的著作汇编为《章氏丛书》(共三编)。他很推重三国两晋的文章,自述"初为文辞,刻意追蹑秦汉",后来"乃悟三国两晋间文诚有秦汉所未逮者"(见《太炎先生自定年谱》)。鲁迅在日本时听章太炎讲《说文解字》,在文风上受到章氏刻意求古的影响。

〔7〕 徐志摩(1897—1931) 浙江海宁人,诗人,新月派的主要成员。曾留学欧美,1922年回国后历任北京大学、清华大学等校教授,并参与主编《晨报副镌·诗刊》、《新月》等刊物。著有《志摩的诗》、《猛虎

集》等。鲁迅因他向《语丝》投稿而作的一篇杂感,即本书的《"音乐"?》一文。

〔8〕 《语丝》 文艺性周刊,最初由孙伏园、周作人编辑,1924年11月在北京创刊,1927年10月被奉系军阀张作霖查禁,同年12月移至上海续刊,先后由鲁迅、柔石主编。1930年3月出至第五卷第五十二期停刊。鲁迅是该刊的主要撰稿人和支持者之一。

〔9〕 "新月派" 指新月社成员。该社1923年成立于北京,取名于印度诗人泰戈尔的《新月集》。1927年春在上海创办新月书店,次年3月出版《新月》月刊。主要成员有胡适、徐志摩、陈源、梁实秋、闻一多、罗隆基等。

〔10〕 删去的几篇讲演 指《鲁迅先生的演说》、《读书与革命》、《帮忙文学与帮闲文学》、《革命文学与遵命文学》等。《帮忙文学与帮闲文学》后经鲁迅删订同意收入,但在本书书稿送审时被国民党检查官抽去。关于删存各篇讲演稿的经过,参看作者1934年12月11、14、16、18日致杨霁云信。

〔11〕 黄汉升(?—220) 名忠,字汉升,三国南阳(今属河南)人。本是荆州刘表的部将,归顺刘备时已年近六旬,所以称为老将。京剧《定军山》中有他用拖刀计斩曹操的大将夏侯渊的情节。

〔12〕 张翼德(?—221) 名飞,字翼德,涿郡(今河北涿县)人。三国时蜀汉的大将,后为部将张达、范疆刺杀并割了他的头颅投往东吴。

〔13〕 李逵、张顺都是小说《水浒传》中的人物。李逵抡板斧"排头砍去"及张顺水淹李逵的故事,分别见该书第四十回和第三十八回。

一九〇三年

斯巴达之魂[1]

西历纪元前四百八十年,波斯[2]王泽耳士大举侵希腊。斯巴达[3]王黎河尼佗将市民三百,同盟军数千,扼温泉门(德尔摩比勒)。敌由间道至。斯巴达将士殊死战,全军歼焉。兵气萧森,鬼雄昼啸,迨浦累皆之役[4],大仇斯复,迄今读史,犹懔懔有生气也。我今掇其逸事,贻我青年。呜呼!世有不甘自下于巾帼之男子乎?必有掷笔而起者矣。译者无文,不足摸拟其万一。噫,吾辱读者,吾辱斯巴达之魂!

依格那海[5]上之曙色,潜入摩利逊之湾,衣驮第一峰之宿云,亦冉冉呈霁色。湾山之间,温泉门石垒之后,大无畏大无敌之希腊军,置黎河尼佗王麾下之七千希腊同盟军,露刃枕戈,以待天曙。而孰知波斯军数万,已乘深夜,得间道,拂晓而达衣驮山之绝顶。趁朝暾之瑟然,偷守兵之微睡。如长蛇赴壑,蜿蜒以逾峰后。

旭日最初之光线,今也闪闪射垒角,照此淋漓欲滴之碧血,其语人以昨日战争之烈兮。垒外死士之残甲累累成阜,上刻波斯文"不死军"三字,其示人以昨日敌军之败绩兮。然大军三百万,夫岂惩此败北,夫岂消其锐气。噫嘻,今日血战哉!血战哉!黎河尼佗终夜防御,以待袭来。然天既曙而敌竟杳,敌幕之乌,向初日而噪,众军大惧;而果也斥候于不及防之地,赍不及防之警报至。

有奢刹利[6]人曰爱飞得者,以衣驮山中峰有他间道告敌;故敌军万余,乘夜进击,败佛雪守兵,而攻我军背。

咄咄危哉!大事去矣!警报戟脑,全军沮丧,退军之声,嚣嚣然挟飞尘以磅礴于军中。黎河尼佗爰集同盟将校,以议去留,佥谓守地既失,留亦徒然,不若退温泉门以为保护希腊将来计。黎河尼佗不复言,而徐告诸将曰,"希腊存亡,系此一战,有为保护将来计而思退者,其速去此。惟斯巴达人有'一履战地,不胜则死'之国法,今惟决死!今惟决死战!余者其留意。"

于是而胚罗蓬诸州军三千退,而访嘻斯军一千退,而螺克烈军六百退,未退者惟刹司骇人七百耳。慨然偕斯巴达武士,誓与同生死,同苦战,同名誉,以留此危极凄极壮绝之旧垒。惟西蒲斯人若干,为反复无常之本国质,而被抑留于黎河尼佗[7]。

嗟此斯巴达军,其数仅三百;然此大无畏大无敌之三百军,彼等曾临敌而笑,结怒欲冲冠之长发[8],以示一瞑不视之决志。黎河尼佗王,亦于将战之时,毅然谓得"王不死则国亡"之神诫[9];今无所迟疑,无所犹豫,同盟军既旋,乃向亚波罗神[10]而再拜,从斯巴达之军律,舆榇以待强敌,以待战死。

7

呜呼全军,惟待战死。然有三人焉,王欲生之者也,其二为王戚,一则古名祭司之裔,曰豫言者息每卡而向以神诫告王者也。息每卡故侍王侧,王窃语之,彼固有家,然彼有子,彼不欲亡国而生,誓愿殉国以死,遂侃然谢王命。其二王戚,则均弱冠矣;正抚大好头颅,屹立阵头,以待进击。而孰意王召之至,全军肃肃,谨听王言。噫,二少年,今日生矣,意者其雀跃返国,聚父母亲友作再生之华筵耶!而斯巴达武士岂其然?噫,如是我闻,而王遂语,且熟视其乳毛未褪之颜。

王"卿等知将死乎?"少年甲"然,陛下。"王"何以死?"甲"不待言:战死!战死!"王"然则与卿等以最佳之战地,何如?"甲乙"臣等固所愿。"王"然则卿等持此书返国以报战状。"

异哉!王何心乎?青年愕然疑,肃肃全军,谛听谛听。而青年恍然悟,厉声答王曰,"王欲生我乎?臣以执盾至,不作寄书邮。"志决矣,示必死矣,不可夺矣。而王犹欲遣甲,而甲不奉诏;欲遣乙,而乙不奉诏。曰,"今日之战,即所以报国人也。"噫,不可夺矣。而王乃曰,"伟哉,斯巴达之武士!予复何言。"一青年[11]退而谢王命之辱。飘飘大旗,荣光闪灼,於铄[12]豪杰,鼓铸[13]全军,诸君诸君,男儿死耳!

初日上,征尘起。睁目四顾,惟见如火如荼之敌军先锋队,挟三倍之势,潮鸣电击以阵于斯巴达军后。然未挑战,未进击,盖将待第二第三队至也。斯巴达王以斯巴达军为第一队,刹司骇军次之,西蒲斯军殿;策马露刃,以速制敌。壮哉劲气亘天,骏乌退舍[14]。未几惟闻"进击"一声,而金鼓忽大振于血碧沙晶之大战斗场里;此大无畏,大无敌之劲军,于左海右山,危不容足之峡间,与波斯军遇。呐喊格击,鲜血倒流,如鸣潮飞沫,奔腾喷薄于荒矶。不刹那顷,而敌军无数死于刃,无数落于海,无数蹂躏于后援。大将号令,指挥官叱咤,队长鞭遁者,鼓声盈耳哉。然敌军不敢迎此朱血涂附,日光斜射,愈增爌灿,而霍霍如旋风之白刃,大军一万,蜂涌至矣。然敌军不能撼此拥盾屹立,士气如山,若不动明王[15]之大磐石。

然未与此战者,犹有斯巴达武士二人存也;以罹目疾故,远送之爱尔俾尼[16]之邑。于郁郁闲居中,忽得战报。其一欲止,其一遂行。偕一仆以赴战场,登高远瞩,呐喊盈耳,踊跃三百[17],勇魂早浮动盘旋于战云黯淡处。然日光益烈,目不得瞬,徒促仆而问战状。

刃碎矣!镞尽矣!壮士歼矣!王战死矣!敌军猬集,欲劫王尸,而我军殊死战,咄咄……然危哉,危哉!其仆之言盖如是。嗟此壮士,热血滴沥于将盲之目,攘臂大跃,直趋战垒;其仆欲劝止,欲代死,而不可,而终不可。今也主仆连袂,大呼"我亦斯巴达武士"一声,以闯入层层乱军里。左顾王尸,右拂敌刃,而再而三;终以疲惫故,引入热血朱殷之垒后,而此最后决战之英雄队,遂向敌列战死之枕。噫,死者长已矣,而我闻其言:

汝旅人兮,我从国法而战死,其告我斯巴达之同胞。[18]

巍巍乎温泉门之峡,地球不灭,则终存此斯巴达武士之魂;而七百刹司骇人,亦掷头颅,洒热血,以分其无量名誉。此荣光纠纷之旁,犹记通敌卖国之奢刹利人爱飞得,降敌乞命之四百西蒲斯军。虽然,此温泉门一战而得无量光荣无量名誉之斯巴达武士间,乃亦有由爱尔俾尼目病院而生还者。

夏夜半阑,屋阴覆路,惟柝声断续,犬吠如豹而已。斯巴达府之山下,犹有未寝之家。灯光黯然,微透窗际。未几有一少妇,送老妪出,切切作离别语;旋铿然阖门,惨淡入闺里。孤灯如豆,照影成三[19];首若飞蓬,非无膏沐[20],盖将临蓐,默祝愿生刚勇强毅之丈夫子,为国民有所尽耳。时适万籁寥寂,酸风戛窗,脉脉无言,似闻叹息,忆征戍欤?梦沙场欤?噫,此美少妇而女丈夫也,宁有叹息事?叹息岂斯巴达女子事?惟斯巴达女子能支配男儿,惟斯巴达女子能生男儿。此非黎河尼佗王后格尔歌与夷国女王应答之言[21],而添斯巴达女子以万丈荣光者乎。噫,斯巴达女子宁知叹息事。

长夜未央,万籁悉死。噫,触耳膜而益明者何声欤?则有剥啄叩关者。少妇出问曰:"其克力泰士君乎?请以明日至。"应曰,"否否,予生还矣!"咄咄,此何人?此何人?时斜月残灯,交映其面,则温泉门战士其夫也。

少妇惊且疑。久之久之乃言曰:"何则……生还……污妾耳矣!我夫既战死,生还者非我夫,意其鬼雄欤。告母国以吉占兮,归者其鬼雄,愿归者其鬼雄。"

读者得勿疑非人情乎?然斯巴达固尔尔也。激战告终,例行国葬,烈士之毅魄,化无量微尘分子,随军歌激越间,而磅礴戟刺于国民脑筋里。而国民乃大呼曰,"为国民死!为国民死!"且指送葬者一人曰,"若夫为国民死,名誉何若!荣光何若!"而不然者,则将何以当斯巴达女子之嘉名?诸君不见下第者乎?泥金[22]不来,妇泣于室,异感而同情耳。今夫也不良,二三其死[23],奚能勿悲,能勿怒?而户外男子曰,"涘烈娜乎?卿勿疑。予之生还也,故有理在。"遂推户脱扃,潜入室内,少妇如怨如怒,疾诘其故。彼具告之。且曰,"前以目疾未愈,不甘徒死。设今夜而有战地也,即洒吾血耳。"

少妇曰,"君非斯巴达之武士乎?何故其然,不甘徒死,而遽生还。则彼三百人者,奚为而死?噫嘻君乎!不胜则死,忘斯巴达之国法耶?以目疾而遂忘斯巴达之国法耶?'愿汝持盾而归来,不然则乘盾而归来。'[24]君习闻之……而目疾乃更重于斯巴达武士之荣光乎?来日之行葬式也,妾为君妻,得参其列。国民思君,友朋思君,父母妻子,无不思君。呜呼,而君乃生还矣!"

侃侃哉其言。如风霜疾来,袭击耳膜;懦夫懦夫,其勿言矣。而彼犹嗫嚅曰,"以爱卿故。"少妇拂然怒曰,"其诚言耶!夫夫妇之契,孰则不相爱者。然国以外不言爱之斯巴达武士,其爱其妻为何若?而三百人中,无一生还者何……君诚爱妾,曷不誉妾以战死者之妻。妾将娩矣,设为男子,弱也则弃之泰噶托士之谷[25];强也则忆温泉门之陈迹,将何以厕身于为国民死之同胞间乎?……君诚爱妾,愿君速亡,否则杀妾。呜呼,君犹佩剑,剑犹佩于君,使剑而有灵,奚不离其人?奚不为其人折?奚不断其人首?设其人知耻,奚不解剑?奚不以其剑战?奚不以其剑断敌人头?噫,斯巴达之武德其式微[26]哉!妾辱夫矣,请伏剑于君侧。"

丈夫生矣，女子死耳。颈血上薄，其气魂魂[27]，人或疑长夜之曙光云。惜也一应一答，一死一生，暮夜无知，伟影将灭。不知有慕涘烈娜之克力泰士者，虽遭投梭之拒[28]，而未能忘情者也。是时也，彼乃潜行墙角以去。

初日曈曈，照斯巴达之郊外。旅人寒起，胥驻足于大逵[29]。中有老人，说温泉门地形，杂以往事；昔也石垒，今也战场，絮絮不休止。噫，何为者？——则其间有立木存，上书曰：

"有捕温泉门堕落武士亚里士多德至者膺上赏。"

盖政府之令，而克力泰士所诉也。亚里士多德[30]者，昔身受迅雷，以霁神怒之贤王，而其余烈，乃不能致一士之战死，咄咄不可解。

观者益众，聚讼嚣嚣。遥望斯巴达府，有一队少年军，鍪甲映旭日，闪闪若金蛇状。及大逵，析为二队，相背驰去，且抗声而歌曰：

"战哉！此战场伟大而庄严兮，尔何为遗尔友而生还兮？尔生还兮蒙大耻，尔母笞尔兮死则止！"

老人曰，"彼等其觅亚里士多德者欤……不闻抗声之高歌乎？此二百年前之军歌也，迄今犹歌之。"

而亚里士多德则何如？史不曰：浦累皆之战乎，世界大决战之一也，波斯军三十万，拥大将漠多尼之尸，如秋风吹落叶，纵横零乱于大漠。斯巴达鬼雄三百，则凭将军柏撒纽，以敌人颈血，一洗积年之殊怨。酸风夜鸣，薤露竞落，其窃告人生之脆者欤。初月相照，皎皎残尸，马迹之间，血痕犹湿，其悲蝶尔飞神[31]之不灵者欤。斯巴达军人,各觅其同胞至高至贵之遗骸,运于高原,将行葬式。不图累累敌尸间,有凛然僵卧者,月影朦胧,似曾相识。其一人大呼曰,"何战之烈也!噫,何不死于温泉门而死于此。"识者谁:克力泰士也。彼已为戍兵矣,遂奔告将军柏撒纽。将军欲葬之,以询全军;而全军哗然,甚咎亚里士多德。将军乃演说于军中曰:

"然则从斯巴达军人之公言,令彼无墓。然吾见无墓者之战死,益令我感,令我喜,吾益见斯巴达武德之卓绝。夫子勖哉,不见夫杀国人媚异族之奴隶国乎,为谍为伥又奚论?而我国则宁弃不义之余生,以偿既破之国法。嗟尔诸士,彼虽无墓,彼终有斯巴达武士之魂!"

克力泰士不觉卒然呼曰,"是因其妻涘烈娜以死谏!"阵云寂寂,响渡寥天;万目如炬,齐注其面。将军柏撒纽返问曰,"其妻以死谏?"

全军咽唾,耸听其说。克力泰士欲言不言,愧恶无地;然以不忍没女丈夫之轶事也,乃述颠末。将军推案起曰,

"猗欤女丈夫……为此无墓者之妻立纪念碑则何如?"

军容益庄,惟呼欢殷殷若春雷起。

斯巴达府之北,侑洛佗士之谷,行人指一翼然倚天者走相告曰,"此涘烈娜之碑也,亦即斯巴达之国!"

* * *

〔1〕 本篇最初发表于1903年6月15日、11月8日在日本东京出版的《浙江潮》月刊第五期、第九期,署名自树。

集　外　集

　　按《浙江潮》第四期《留学界纪事·（二）拒俄事件》载："阴历四月初二日东京《时事新报》发刊号外……内载俄国代理公使与时事新报特派员之谈话，有'俄国现在政策断然取东三省归入俄国版图云云'。……次晨留学生会馆干事及各评议员立即开会提议，……留学生自行组织义勇队以抗俄，并以为国民倡，众偕赞成。"初四日义勇队函电各方，在致北洋大臣函中有这样的话："昔波斯王泽耳士以十万之众，图吞希腊，而留尼达士亲率丁壮数百，扼险拒守，突阵死战，全军歼焉。至今德摩比勒之役，荣名震于列国，泰西三尺之童，无不知之。夫以区区半岛之希腊，犹有义不辱国之士，可以吾数百万万里之帝国而无之乎！"本篇即在此背景下发表。

　　〔２〕　波斯（Persia）　古代中亚的强大帝国。公元前480年，波斯国王泽耳士（Xerxes，约前519—前465）率海陆军渡海进攻希腊，占领雅典。后在萨拉米（Salamis）海峡被地米托克利（Themistocles）击败，泽耳士带着一部分军队，退回小亚细亚。按古波斯几经衰落、复国，后改称伊朗。

　　〔３〕　斯巴达（Sparta）　古希腊城邦之一。斯巴达王黎河尼佗（Leonidas）应希腊同盟军的请求，率军赶赴希腊北部的德尔摩比勒（Thermopylas）山隘，阻挡波斯军队的进攻，在众寡悬殊下激战两天，第三天因叛徒爱飞得（Ephialtes）引波斯军由山间小道偷袭后路，斯巴达军受到两面夹攻，全体阵亡。

　　〔４〕　浦累皆（Plataea）之役　泽耳士退军时，留下他的大将漠多尼（Mardonius）继续与希腊人作战。公元前479年，希腊人与漠多尼决战于浦累皆，大胜。

　　〔５〕　依格那海（Ægean Sea）　通译爱琴海，位于希腊和小亚细亚半岛之间。

　　〔６〕　奢刺利（Thessaly）以及下文的胚罗蓬（Peloponnesus）、访嘻

14

斯(Phocis)、螺克烈(Locris)、杀司骇(Thespia)、西蒲斯(Thebes),都是古希腊的地区名称。

〔7〕 关于西蒲斯人被扣一事,据古希腊历史学家希罗多德(Herodotos,约前484—约前425)《历史》第七卷一三二和二二二节记载,西蒲斯人参战并非自愿,当波斯军入侵时,他们献出土和水,被斯巴达王黎河尼佗扣留,作为人质。希腊军失败后,他们全部投敌。

〔8〕 结怒欲冲冠之长发 据希罗多德《历史》第七卷二〇九节,临阵结发是斯巴达人的风俗。

〔9〕 "王不死则国亡"之神诫 据希罗多德《历史》第七卷二二〇节,神诫内容为:"哦,土地辽阔的斯巴达的居民啊,对你们来说,或者是你们那光荣、强大的城市毁在波斯人的手里,或者是拉凯戴孟的土地为出自海拉克列斯家的国王的死亡而哀悼。"

〔10〕 亚波罗(Apollo) 通译阿波罗,古希腊神话中的太阳神。

〔11〕 据上文,应作"二青年"。

〔12〕 於铄 表示赞美的叹词。《诗经·周颂·酌》:"於铄王师。"

〔13〕 鼓铸 这里是鼓舞、激励的意思。《史记·货殖列传》:"铁山鼓铸",原意为熔化金属铸造钱币。

〔14〕 踆乌退舍 日光暗淡的意思。踆乌,指太阳。《淮南子·精神训》:"日中有踆乌。"《淮南子·览冥训》:"鲁阳公与韩构难,战酣日暮,援戈而挥之,日为之反三舍。"反三舍,即退了三座星宿的距离。

〔15〕 不动明王 即不动金刚明王,佛教密宗中的菩萨,梵名摩诃毗卢遮那(Mahavairocana)。佛经中说他心性坚定,有降服恶魔的法力。

〔16〕 爱尔俾尼(Alpeni) 古希腊的城市。

15

〔17〕 踊跃三百　形容勇猛的气概。《左传》僖公二十八年:"距跃三百,曲踊三百。"

〔18〕 "汝旅人兮"等语,据希罗多德《历史》第七卷二二八节,是战后所立的纪念碑上为斯巴达战死者刻的一段铭文。

〔19〕 照影成三　孤独的意思。唐代李白《月下独酌四首》之三:"花间一壶酒,独酌无相亲。举杯邀明月,对影成三人。"

〔20〕 首若飞蓬,非无膏沐　语出《诗经·卫风·伯兮》:"自伯之东,首如飞蓬。岂无膏沐,谁适为容?"

〔21〕 格尔歌王后与夷国女王应答之言,原见古希腊历史学家普鲁塔克(Plutarch,约46—约120)的《列传·来库古传》第十四节。

〔22〕 泥金　用金粉和胶水制成的颜料,这里指泥金帖子。后周王仁裕《开元天宝遗事·泥金帖子》:"新进士才及第,以泥金书帖子,附家书中,用报登科之喜。"

〔23〕 二三其死　三心二意,没有为国捐躯的决心。从《诗·卫风·氓》"士也罔极,二三其德"变化而来。

〔24〕 "愿汝持盾而归来"二句,是斯巴达妇女在儿子出征时说的话。见普鲁塔克《道德学三四一,F》。

〔25〕 弱也则弃之泰噶托士之谷　据普鲁塔克《列传·来库古传》第十六节,古代斯巴达的新生婴儿,必须经过国家长老的检查,认为健壮合格的,才准许父母养育,否则就命令抛到泰噶托士(Taygetus)山谷的弃婴场。

式微　衰落的意思。《诗·邶风·式微》:"式微式微胡不归。"

〔27〕 魂魂　旺盛的意思。《山海经·西山经》:"南望昆仑,其光熊熊,其气魂魂。"

〔28〕 投梭之拒　指女子拒绝男子的引诱。《晋书·谢鲲传》:"邻家高氏女有美色,鲲尝挑之,女投梭折其两齿。"

〔29〕 大逵　通往四方的大路。《尔雅·释宫》:"一达谓之道路,……九达谓之逵。"

〔30〕 亚里士多德(Aristotelēs)　通译亚里斯多德摩,斯巴达的开国国王,黎河尼佗的祖先。古希腊历史著作《阿波罗多鲁斯》第二卷第八节说他为迅雷击毙。按逃归的武士与开国的国王同名。

〔31〕 蝶尔飞神　即阿波罗神。蝶尔飞(Delphi),古希腊祭祀阿波罗的神殿,在帕尔那索斯山的南麓。

说　镭[1]

昔之学者曰:"太阳而外,宇宙间殆无所有。"历纪以来,翕然从之;怀疑之徒,竟不可得。乃不谓忽有一不可思议之原质[2],自发光热,煌煌焉出现于世界,辉新世纪之曙光,破旧学者之迷梦。若能力保存说[3],若原子说,若物质不灭说,皆蒙极酷之袭击,跄踉倾欹,不可终日。由是而思想界大革命之风潮,得日益磅薄,未可知也!此新原质以何因缘,乃得发见?则不能不曰:"X线(旧译透物电光)之赐。"

X线者,一八九五年顷,德人林达根[4]所发明者也。其性质之奇异:若(一)贯通不透明体,(二)感写真干板[5],(三)与气体以导电性等。大惹学者之注意,谓 X 线外,当更有 Y 线,若 Z 线等者。相率覃思,冀获新质。乃果也驰运涅伏,必获报酬。翌年而法人勃克雷[6]复有一大发见。

或曰,勃氏以厚黑纸二重,包写真干板,暴之日光,越一二日,略无感应,乃上置磷光体铀盐[7],欲再行实验,而天适晦,不得已姑纳机兜[8]中,数日后检之,则不待日光,已感干板。勃氏大骇异,细测其理,知其力非借磷光,而铀之盐类,实自具一种类似 X 线之辐射线,爰名之曰铀线,生此种线之体曰剌伽刻佉夫体[9]。此种物体所放射之线,则例以发见者之名名之曰勃克雷线。犹 X 线之亦名林达根线也。然铀线则无待器械电气之助,而自能放射,故较 X 线已大进步。

尔后研究益盛,学者涅伏中,均结种种 Y 线 Z 线之影。至一八九八年,休密德[10]氏于钍之化合物中,亦发见林达根线。

同时,法国巴黎工艺化学学校教授古篱夫人[11],于授业时,为空气传导之装置,偶于别及不兰[12](奥大利产之复杂矿物)中,见有类似 X 线之放射线,闪闪然光甚烈。亟告其夫古篱,研究之末,知含有铋化合物,其放射性凡四千倍于铀盐。以夫人生于坡兰德[13]故,即以坡罗尼恩[14]名之。既发表于世,学者大感谢,法国学士会院复酬以四千法郎,古篱夫妇益奋励,日事研究,遂于别及不兰中,又得一新原质曰镭[15](Radium),符号为 Ra。(按旧译 Germanium[16]曰镭。然其音义于 Radium 尤惬,故篡取之,而 Germanium 则别立新名可耳。)

一八九九年,独比伦[17]氏亦于别及不兰中得他种刺伽刻佉夫体,名曰爱客地恩[18]。然其辐射性不及镭。

坡罗尼恩与铋,爱客地恩与钍,镭与钡,均有相似之性质。而其纯质,皆不可得。惟镭则经古篱夫人辛苦经营,始得略纯粹者少许,测定分剂及光图[19],已确认为一新原质,其他则尚在疑似之间,或谓仅得保存其能力而已。

镭盐类之水溶液,加以锂,或轻二硫,或锂二硫[20],不生沉淀。镭硫养四或镭炭养三[21],不溶解于水,其镭绿二[22],则易溶于水,而不溶解于强盐酸及酒精中。利用此性,可于制铀之别及不兰残滓中,分析镭质。然因性殊类钡,故钡恒羼杂

19

其间，去钡之法，须先令成盐化物，溶于水中，再注酒精，即生沉淀，然终不免有钡少许，存留溶液内，反复至再，始得略纯之钼盐。至于纯质，则迄今未能得也。且其量极稀，制铀残滓五千吨，所得钼盐不及一启罗格兰[23]，此三年间所取纯与不纯者合计仅五百格兰[24]耳。而有谓世界中全量恐已尽是者，其珍贵如此。故值亦綦昂，虽含钡甚多者，每一格兰，非三十五弗[25]不能得。至古篱氏之最纯品，以世界惟一称者，亦仅如微尘大，积二万购之，犹不可得，其放射力则强于铀盐百万倍云。

此最纯品，即钼绿二也。昨年古篱夫人化分其绿，令成银绿二[26]，计其量，然后算得钼之分剂为二百二十五。

多漠尔愢[27]氏曾照以分光器，钼之特有光图外，不复有他光图，亦为新原质之一证。钼线虽多与X线同，而此外复有与玻璃陶器以褐色或革色，令银绿二复原，岩盐带色，染白纸，一昼夜间变黄磷为赤磷，及灭亡种子发芽力之种种性。又以色儿路多[28]皿贮钼盐（放射性强于铀线五千倍者），握掌中二时间，则皮肤被灼，今古篱氏伤痕历历犹未灭也。古篱氏曰："若有人入置纯钼一密里格兰[29]之室中，则当丧明焚身，甚或致死。"而加奈大之卢索夫[30]氏，则谓纯钼一格兰，足起一磅之重高及一呎。甚或有谓足击英国所有军舰，飞上英国第一高山辩那维[31]之巅者，则维廉可洛克[32]之言也。综观诸说，虽觉近夸，而放射力之强，亦可想见矣。尤奇者，其放射力，毫不假于外物，而自发于微小之本体中，与太阳无异。

钼线亦若X线然，有贯通金属力，此外若纸木皮肉等，俱无所沮。然放射后,每为被贯通之物质所吸收,而力变弱,设以镭线通过〇〇〇二五密里[33]之铂箔,则强率变为其初之四十九%,再一次则又减为三十六%,二次以后,减率乃不如初之著矣。由是知镭线决非单纯,有易被他物所吸收者,有强于贯通力者,其贯物而过也若滤分然。各放射线,析为数种,感写真干板之力强者,即贯通线也,其中复有善感眼之组织者,故虽瞑目不视,而仍见其所在。

镭之奇性,犹不止是。有拔尔敦者,曾于暗室中,解包出镭,忽闪闪然发青白色光,室中骤明,其纸裹亦受微光,良久不灭。是即副放射线[34],感写真干板之作用,亦与主放射同。盖镭能本体发光,及与光于接近物体之二性质,宛如太阳与光于周围游星然。其能力之根源,竟不可测。

或曰勃克雷氏贮比较的纯镭于管中,藏之衣底,六小时后,体上忽现焦灼痕,未几忽隐现于头腕间,不能指其定处。后古篱氏乃设法测其热度,法用热电柱[35],其一方接合点,置纯铜盐,他方接合点,置含铜盐六分一之锡盐。计算所生电流之强率,知置铜盐处之温度,高一度半。又以篷然测热器[36],测定〇·〇八格兰之纯镭盐所生温度,一小时凡十四加罗厘[37];即一格兰所放射之热,每一小时凡百加罗厘以上也。其光与热,既非出于燃烧,亦无化学的变化,不知此多量能力,以何为根?如曰本体所自发欤,则昔所谓能力之原则者,不得不破。如曰由外围能力而发欤,则镭必当有利用外围能力之性,而此能力之本性,又为吾人所未及知者也。

镭线亦有与空气以导电性之性质,设有钢板及锌板各一,联以铜丝,两板间之空气,令钼线通过之,则铜丝即生电流,与两板各浸于稀硫酸液中无稍异。盖钼线能令气体为衣盎(集于两极间之电解质之总名),分出荷阴阳电气之部分,故气体之作用,遂与液体电解质同。钼线中之易被他物吸收者,此性尤著。

从克尔格司管阴极发生之恺多图线[38],及林达根线,及钼线,若受强磁力之作用,则进行必偏,设与钼线成直角之方向,有磁力作用,则钼线即越与磁力相对之左而行;然因钼线非单纯者,故析出屈于磁力及不屈于磁力之种种线,进路各不相同,与日光过三棱玻璃而成七色无异。钼线中之强于贯通力者,此性尤著,且因对于磁力之作用,故钼线之大部分,遂含有荷阴电气而飞运极迅之微粒云。

被磁力而偏之钼线中,既含有荷阴电之微粒,则以之投射于或物体,亦当得阴电。古篱夫妇曾用封蜡绝缘之导电体,投以钼线,而确得阴电;又以同法绝缘之铜盐,因带阴电之微粒飞去,而荷阳电。此电气之集积量,每一平方密厘每一秒时凡得 $4×19^{-12}$ 安培云。钼线中带阴电之微粒,在强电场时,必偏其进行方向,即在一密厘有一万波的[39]之强电场,则偏四生的[40]许,此勃克雷氏所实证者也。

自钼所发射微粒之速度,每秒凡 $1.6×10^{10}$ 密厘,约当光速度之半,因此微粒之飞散,故钼于一小时所失之能力额凡 $4.4×10^{-6}$ 加罗厘,与前记之放出热量较,则觉甚微。又从钼之表面一平方密厘所放射之微粒,其质量亦綦少,计每一格兰之飞散,约需十亿万年。准此,则其微粒之大,应为轻气原子三千分之一,是名电子。

电子说曰,"凡物质中,皆含原子,而原子中,复含电子,电子之于原子,犹原子之于物质也。此电子受四围之电气与磁气之感化,循环飞运,无有已时,凡诸物体,罔不如是,虽吾人类,亦由是成。然飞运迟速,则因物而异,钼之电子,乃极速者,以过速故,有一部分,飞出体外,而光与热,自然发生,为辐射线。"然是说也,必电子自具物质构成之能,乃得秩然成理。不然,则纵调和之曰飞散极微,悠久之曰须无量载,而于物质不灭之说,则仍无救也。且创原子说者,非以是为至微极小,分割物质之达于究极者乎。电子说兴,知飞动之微点,实小于原子千分之一,乃不得不褫原子宇宙间小达极点之嘉名,以归电子,而原子说亡。

自 X 线之研究,而得钼线;由钼线之研究,而生电子说。由是而关于物质之观念,倏一震动,生大变象。最人涅伏[41],吐故纳新,败果既落,新葩欲吐,虽曰古篱夫人之伟功,而终当脱冠以谢十九世末之 X 线发见者林达根氏。

* * *

〔1〕 本篇最初发表于 1903 年 10 月 10 日《浙江潮》月刊第八期,署名自树。钼,即化学元素镭。

〔2〕 原质 即元素。

〔3〕 能力保存说 即能量守恒原理。

〔4〕 林达根(W. C. Röntgen,1845—1923) 通译伦琴,德国物理学家。1895 年,他在研究真空放电管时发现 X 射线(又称伦琴射线),

1901年获诺贝尔物理学奖。

〔5〕 写真干板 用玻璃板制作的照相底片。

〔6〕 勃克雷（A. H. Becquerel,1852—1908） 通译贝可勒尔,法国物理学家。1895年起研究磷光现象,次年发现铀射线,是科学实验中认识放射性的开端。1903年和居里夫妇同获诺贝尔物理学奖。

〔7〕 磷光体铀盐 即放射磷光的铀盐。磷同燐。磷光体,放射燐光的物质。

〔8〕 机兜 抽屉。

〔9〕 剌伽刻佉夫体（Radioactive Substance） 即放射性物质。

〔10〕 休密德（E. Schmidt,1845—1921） 通译施米特,德国物理学家。发现放射性元素钍。

〔11〕 古篱夫人（Mme Curie,1867—1934） 通译居里夫人,物理学家、化学家。原名 Marie Sktodowska,波兰华沙人,1895年与法国物理学家居里（P. Curie,1859—1906）结婚,共同研究放射性物质,先后发现新元素钋和镭。1903年获诺贝尔物理学奖,1911年又获诺贝尔化学奖。

〔12〕 别及不兰 Pitchblende 的音译,即沥青铀矿。居里夫妇曾从中提炼出微量的放射性元素钋和镭。

〔13〕 坡兰德（Poland） 通译波兰。

〔14〕 坡罗尼恩 Polonium 的音译,即钋,它的放射性较铀强四百倍。居里夫人将它命名为坡罗尼恩,是为纪念她的祖国波兰;居里于1898年7月18日在法国科学院理科博士学院报告新元素的发现时曾说:"假使这新元素的存在将来能够证实的话,我们想叫它钋,来纪念我俩中一人的祖国波兰。"

〔15〕 按居里夫人于1907年始从几十吨的沥青铀矿中提得半克

左右的纯粹氯化镭,测定镭的原子量为226。到1910年获得纯镭。

〔16〕 Germanium 现在译为锗。

〔17〕 独比伦(A. L. Debierne, 1874—1949) 通译德比尔纳,法国化学家。1899年他在沥青铀矿中发现放射性元素锕,次年参加居里夫妇提炼纯镭的工作。

〔18〕 爱客地恩 Actinium的音译,即锕。

〔19〕 分剂及光图 原子量和原子发射光谱线图。

〔20〕 轻二硫 即硫化氢(H_2S)。铔二硫,即硫化铵($[NH_4]_2S$)。

〔21〕 钼硫养四 即硫酸镭($RaSO_4$)。钼炭养三,即碳酸镭($RaCO_3$)。

〔22〕 钼绿二 即氯化镭($RaCl_2$)。

〔23〕 启罗格兰 Kilogram的音译,即公斤。

〔24〕 格兰 Gram的音译,即克。

〔25〕 弗 Franc音译的简称,即法郎,法国货币单位。

〔26〕 银绿二 即二氯化银($AgCl_2$)。

〔27〕 多漠尔惚(E. A. Demarcay, 1852—1904) 法国化学家。他于1901年发现化学元素铕,曾为居里夫妇发现的元素镭提出光谱学的证明。

〔28〕 色儿路多(Celluloid) 即赛璐珞,由硝酸纤维素和樟脑制成的一种易燃性塑料。

〔29〕 密里格兰 Milligram的音译,即毫克。

〔30〕 卢索夫(E. Rutherford, 1871—1937) 通译卢瑟福,英国物理学家、化学家。原籍新西兰。他在研究原子结构和放射性现象方面有重要成就。1908年获诺贝尔化学奖。

〔31〕 辩那维(Pennires)　通译奔宁山脉,在英国北部。

〔32〕 维廉可洛克(W. Crookes,1832—1919)　通译威廉·克鲁克斯。英国物理学家、化学家。他在研究真空管内放电现象方面有重要成就。

〔33〕 密里　Millimeter 的音译,即毫米。

〔34〕 副放射线　即次级射线。

〔35〕 热电柱　即温差电偶,一种探测和度量温度的器件。

〔36〕 篷然测热器　即爆炸量热器,一种测量物体所释放或吸收热量的仪器,用以测定燃料的热值。

〔37〕 加罗厘(Calorie)　通译卡路里,简称卡,热量单位。

〔38〕 克尔格司管(Crookes tube)　通译克鲁克斯管,即阴极射线管。恺多图线(Cathode ray),即阴极射线。

〔39〕 波的　Volt 的音译,即伏特,电压单位。

〔40〕 生的　Centi 的音译,即百分之一。

〔41〕 最人涅伏　集中众人的智慧。

一九一八年

梦[1]

很多的梦,趁黄昏起哄,
前梦才挤却大前梦,后梦又赶走了前梦。
　去的前梦黑如墨,在的后梦墨一般黑;
　去的在的仿佛都说,"看我真好颜色。"
颜色许好,暗里不知;
而且不知道:说话的是谁?

暗里不知,身热头痛。
你来你来,明白的梦!

* * *

〔1〕 本篇最初发表于1918年5月15日北京《新青年》月刊第四卷第五号,署名唐俟。现据鲁迅重抄稿校订。

爱 之 神[1]

一个小娃子,展开翅子在空中,
一手搭箭,一手张弓,
不知怎么一下,一箭射着前胸。
"小娃子先生,谢你胡乱栽培!
但得告诉我:我应该爱谁?"
娃子着慌,摇头说,"唉!
你是还有心胸的人,竟也说这宗话。
你应该爱谁,我怎么知道。
总之我的箭是放过了!
你要是爱谁,便没命的去爱他;
你要是谁也不爱,也可以没命的去自己死掉。"

* * *

〔1〕 本篇最初发表于1918年5月15日《新青年》第四卷第五号,署名唐俟。

爱之神,古罗马神话中有爱神丘比特(Cupid),是一个身生双翅手持弓箭的美少年,他的金箭射到青年男女的心上,就会产生爱情。

桃　　花[1]

春雨过了,太阳又很好,随便走到园中。
桃花开在园西,李花开在园东。
　我说,"好极了！桃花红,李花白。"
　（没说,桃花不及李花白。）
桃花可是生了气,满面涨作"杨妃红"[2]。
　好小子！真了得！竟能气红了面孔。
　我的话可并没得罪你,你怎的便涨红了面孔？
　唉！花有花道理,我不懂。

※　　※　　※

〔1〕 本篇最初发表于1918年5月15日《新青年》第四卷第五号,署名唐俟。现据鲁迅重抄稿校订。

〔2〕 "杨妃红" 《开元天宝遗事·红汗》："贵妃……每有汗出,红腻而多香,或拭之于巾帕之上,其色如桃红也。"

他 们 的 花 园[1]

小娃子,卷螺发,
银黄的面庞上还有微红,——看他意思是正要活。
　走出破大门,望见邻家:
　他们大花园里,有许多好花。
用尽小心机,得了一朵百合;
又白又光明,像才下的雪。
好生拿了回家,映着面庞,分外映出血色;
　苍蝇绕花飞鸣,乱在一屋子里——
　"偏爱这不干净花,是胡涂孩子!"
　忙看百合花,却已有几点蝇矢。
看不得;舍不得。
瞪眼望着天空,他更无话可说。
　说不出话,想起邻家:
　他们大花园里,有许多好花。

* 　*　 *　 *

〔1〕 本篇最初发表于1918年7月15日《新青年》第五卷第一号,署名唐俟。现据鲁迅重抄稿校订。

人 与 时[1]

一人说,将来胜过现在。
一人说,现在远不及从前。
一人说,什么?
时道,你们都侮辱我的现在。
　从前好的,自己回去。
　将来好的,跟我前去。
　这说什么的,
　我不和你说什么。

＊　＊　＊

〔1〕 本篇最初发表于1918年7月15日《新青年》第五卷第一号,署名唐俟。

渡河与引路[1]

玄同[2]兄：

两日前看见《新青年》[3]五卷二号通信里面,兄有唐俟也不反对 Esperanto[4],以及可以一齐讨论的话；我于 Esperanto 固不反对,但也不愿讨论：因为我的赞成 Esperanto 的理由,十分简单,还不能开口讨论。

要问赞成的理由,便只是依我看来,人类将来总当有一种共同的言语；所以赞成 Esperanto。

至于将来通用的是否 Esperanto,却无从断定。大约或者便从 Esperanto 改良,更加圆满；或者别有一种更好的出现；都未可知。但现在既是只有这 Esperanto,便只能先学这 Esperanto。现在不过草创时代,正如未有汽船,便只好先坐独木小舟；倘使因为豫料将来当有汽船,便不造独木小舟,或不坐独木小舟,那便连汽船也不会发明,人类也不能渡水了。

然问将来何以必有一种人类共通的言语,却不能拿出确凿证据。说将来必不能有的,也是如此。所以全无讨论的必要；只能各依自己所信的做去就是了。

但我还有一个意见,以为学 Esperanto 是一件事,学 Esperanto 的精神,又是一件事。——白话文学也是如此。——倘若思想照旧,便仍然换牌不换货：才从"四目仓圣"[5]面前爬起,又向"柴明华先师"[6]脚下跪倒;无非反对人类进步的时候,从前是说 no,现在是说 ne[7];从前写作"咈哉"[8],现在写作"不行"罢了。所以我的意见,以为灌输正当的学术文艺,改良思想,是第一事;讨论 Esperanto,尚在其次;至于辨难驳诘,更可一笔勾消。

《新青年》里的通信,现在颇觉发达。读者也都喜看。但据我个人意见,以为还可酌减:只须将诚恳切实的讨论,按期登载;其他不负责任的随口批评,没有常识的问难,至多只要答他一回,此后便不必多说,省出纸墨,移作别用。例如见鬼,求仙,打脸之类[9],明明白白全是毫无常识的事情,《新青年》却还和他们反复辩论,对他们说"二五得一十"的道理,这功夫岂不可惜,这事业岂不可怜。

我看《新青年》的内容,大略不外两类:一是觉得空气闭塞污浊,吸这空气的人,将要完结了;便不免皱一皱眉,说一声"唉"。希望同感的人,因此也都注意,开辟一条活路。假如有人说这脸色声音,没有妓女的眉眼一般好看,唱小调一般好听,那是极确的真话;我们不必和他分辩,说是皱眉叹气,更为好看。和他分辩,我们就错了。一是觉得历来所走的路,万分危险,而且将到尽头;于是凭着良心,切实寻觅,看见别一条平坦有希望的路,便大叫一声说,"这边走好。"希望同感的人,因此转身,脱了危险,容易进步。假如有人偏向别处走,再劝一番,固无不可;但若仍旧不信,便不必拚命去拉,各走自己的路。因为拉得打架,不独于他无益,连自己和同感的人,也都耽搁了工夫。

集 外 集

耶稣[10]说,见车要翻了,扶他一下。Nietzsche[11]说,见车要翻了,推他一下。我自然是赞成耶稣的话;但以为倘若不愿你扶,便不必硬扶,听他罢了。此后能够不翻,固然很好,倘若终于翻倒,然后再来切切实实的帮他抬。

老兄,硬扶比抬更为费力,更难见效。翻后再抬,比将翻便扶,于他们更为有益。

唐俟。十一月四日。

* * * *

〔1〕 本篇最初发表于1918年11月15日《新青年》第五卷第五号"通信"栏,署名唐俟。《渡河与引路》是《新青年》发表本篇和钱玄同的复信时编者所加的标题。

〔2〕 玄同 钱玄同(1887—1939),名夏,后改名玄同,浙江吴兴人,语言文字学家。早年留学日本,历任北京大学、北京师范大学教授。"五四"时期积极参加新文化运动,是《新青年》编者之一。著有《文字学音篇》、《古韵二十八部音读之假定》等。

〔3〕 《新青年》 综合性月刊,"五四"时期倡导新文化运动、传播马克思主义的重要刊物。1915年9月创刊于上海,由陈独秀主编。第一卷名《青年杂志》,第二卷起改名《新青年》。1916年底编辑部迁至北京,从1918年1月第四卷起由陈独秀、钱玄同、李大钊、胡适等人轮流编辑,鲁迅也加入编辑部并为重要撰稿人。1919年10月编辑部迁返上海,陈独秀任主编。1922年7月休刊。共出九卷,每卷六期。后成为中共中央的理论性机关刊物。

〔4〕 Esperanto 世界语,1887年波兰柴门霍甫所创造的一种国际辅助语。《新青年》自第二卷第三号(1916年11月1日)起,曾陆续

发表讨论世界语的通信,当时孙国璋、区声白、钱玄同等主张全力提倡,陶孟和等坚决反对,胡适主张停止讨论。因此,钱玄同在第五卷第二号(1918年8月15日)"通信"栏里说:"刘半农、唐俟、周启明、沈尹默诸先生,我平日听他们的言论,对于 Esperanto,都不反对,吾亦愿其腾出工夫来讨论 Esperanto 究竟是否可行。"

〔5〕 "四目仓圣"　指仓颉。相传为黄帝的史官,汉字的创造者。《太平御览》卷三六六引《春秋孔演图》:"苍颉四目,是谓并明。"

〔6〕 "柴明华先师"　指柴门霍甫(L. Zamanhof,1859—1917),波兰人,1887年创造世界语,著有《第一读本》、《世界语初基》等。

〔7〕 no　英语;ne,世界语。都是"不"的意思。

〔8〕 "咈哉"　意思是"不"。《尚书·尧典》:"帝曰:吁,咈哉!方命圮族。"

〔9〕 见鬼,求仙　指上海《灵学丛志》宣扬的"鬼亦有形可象,有影可照"等荒诞言论和提倡扶乩求神等迷信活动。《新青年》第四卷第五号(1918年5月)曾刊载陈大齐、陈独秀等的文章,予以驳斥。打脸,指传统戏曲演员勾画脸谱。《新青年》从第四卷第六期(1918年6月)起,连续刊载钱玄同、刘半农等与张厚载讨论旧戏脸谱等问题的通讯。

〔10〕 耶稣(Jesus Christ,约前4—30)　基督教的创始者,又称基督或耶稣基督,犹太族人。

〔11〕 Nietzsche　尼采(1844—1900),德国哲学家,唯意志论者。曾任瑞士巴塞尔大学教授。著有《悲剧的诞生》、《札拉图斯特拉如是说》、《善恶的彼岸》等。

一九二四年

"说不出"[1]

　　看客在戏台下喝倒采,食客在膳堂里发标[2],伶人厨子,无嘴可开,只能怪自己没本领。但若看客开口一唱戏,食客动手一做菜,可就难说了。

　　所以,我以为批评家最平稳的是不要兼做创作。假如提起一支屠城的笔,扫荡了文坛上一切野草,那自然是快意的。但扫荡之后,倘以为天下已没有诗,就动手来创作,便每不免做出这样的东西来:

　　　　宇宙之广大呀,我说不出;

　　　　父母之恩呀,我说不出;

　　　　爱人的爱呀,我说不出。

　　　　阿呀阿呀,我说不出!

　　这样的诗,当然是好的,——倘就批评家的创作而言。太上老君的《道德》五千言,开头就说"道可道非常道"[3],其实也就是一个"说不出",所以这三个字,也就替得五千言。

　　呜呼,"王者之迹熄,而《诗》亡;《诗》亡,然后《春秋》作。"[4]"予岂好辩哉?予不得已也!"[5]

＊　　＊　　＊

〔1〕 本篇最初发表于1924年11月17日北京《语丝》周刊第一期。1923年12月8日北京星星文学社《文学周刊》第十七号发表周灵均《删诗》一文，把胡适《尝试集》、郭沫若《女神》、康白情《草儿》、俞平伯《冬夜》、徐玉诺《将来的花园》、朱自清、叶绍钧《雪朝》、汪静之《蕙的风》、陆志韦《渡河》八部新诗，都用"不佳"、"不是诗"、"未成熟的作品"等语加以否定。后来他在同年12月15日《晨报副刊》发表《寄语母亲》一诗，其中多是"写不出"一类语句："我想写几句话，寄给我的母亲，刚拿起笔儿却又放下了，写不出爱，写不出母亲的爱呵。""母亲呵，母亲的爱的心呵，我拿起笔儿却又写不出了。"本篇就是讽刺这种倾向的。

〔2〕 发标　江浙一些地方的方言，要威风的意思。

〔3〕 太上老君　即老聃(约前571—?)，姓李名耳，字聃，春秋末期楚国人，道家学派创始者。东汉以来道教奉他为祖师，尊称太上老君。《道德》，即《道德经》，又称《老子》，相传为老聃所著。"道可道非常道"，见该书第一章："道可道，非常道；名可名，非常名。"

〔4〕 "王者之迹熄，而《诗》亡"等语，孟子语，见《孟子·离娄(下)》。

〔5〕 "予岂好辩哉，予不得已也！"　孟子语，见《孟子·滕文公(下)》。

记"杨树达"君的袭来[1]

今天早晨,其实时候是大约已经不早了。我还睡着,女工将我叫了醒来,说:"有一个师范大学的杨先生,杨树达,要来见你。"我虽然还不大清醒,但立刻知道是杨遇夫君[2],他名树达,曾经因为邀我讲书的事,访过我一次的。我一面起来,一面对女工说:"略等一等,就请罢。"

我起来看钟,是九点二十分。女工也就请客去了。不久,他就进来,但我一看很愕然,因为他并非我所熟识的杨树达君,他是一个方脸,淡赭色脸皮,大眼睛长眼梢,中等身材的二十多岁的学生风的青年。他穿着一件藏青色的爱国布(?)长衫,时式的大袖子。手上拿一顶很新的淡灰色中折帽,白的围带;还有一个采色铅笔的扁匣,但听那摇动的声音,里面最多不过是两三支很短的铅笔。

"你是谁?"我诧异的问,疑心先前听错了。

"我就是杨树达。"

我想:原来是一个和教员的姓名完全相同的学生,但也许写法并不一样。

"现在是上课时间,你怎么出来的?"

"我不乐意上课!"

我想:原来是一个孤行己意,随随便便的青年,怪不得他模样如此傲慢。

"你们明天放假罢……"

"没有,为什么?"

"我这里可是有通知的,……"我一面说,一面想,他连自己学校里的纪念日都不知道了,可见是已经多天没有上课,或者也许不过是一个假借自由的美名的游荡者罢。

"拿通知给我看。"

"我团掉了。"我说。

"拿团掉的我看。"

"拿出去了。"

"谁拿出去的?"

我想:这奇怪,怎么态度如此无礼?然而他似乎是山东口音,那边的人多是率直的,况且年青的人思想简单,……或者他知道我不拘这些礼节:这不足为奇。

"你是我的学生么?"但我终于疑惑了。

"哈哈哈,怎么不是。"

"那么,你今天来找我干什么?"

"要钱呀,要钱!"

我想:那么,他简直是游荡者,荡窘了,各处乱钻。

"你要钱什么用?"我问。

"穷呀。要吃饭不是总要钱吗?我没有饭吃了!"他手舞足蹈起来。

"你怎么问我来要钱呢?"

"因为你有钱呀。你教书,做文章,送来的钱多得很。"他说着,脸上做出凶相,手在身上乱摸。

我想:这少年大约在报章上看了些什么上海的恐吓团的记事,竟模仿起来了,还是防着点罢。我就将我的坐位略略移动,预备容易取得抵抗的武器。

"钱是没有。"我决定的说。

"说谎!哈哈哈,你钱多得很。"

女工端进一杯茶来。

"他不是很有钱么?"这少年便问她,指着我。

女工很惶窘了,但终于很怕的回答:"没有。"

"哈哈哈,你也说谎!"

女工逃出去了。他换了一个坐位,指着茶的热气,说:

"多么凉。"

我想:这意思大概算是讥刺我,犹言不肯将钱助人,是凉血动物。

"拿钱来!"他忽而发出大声,手脚也愈加舞蹈起来,"不给钱是不走的!"

"没有钱。"我仍然照先的说。

"没有钱?你怎么吃饭?我也要吃饭。哈哈哈哈。"

"我有我吃饭的钱,没有给你的钱。你自己挣去。"

"我的小说卖不出去。哈哈哈!"

我想:他或者投了几回稿,没有登出,气昏了。然而为什么向我为难呢?大概是反对我的作风的。或者是有些神经病的罢。

"你要做就做,要不做就不做,一做就登出,送许多钱,还说没有,哈哈哈哈。晨报[3]馆的钱已经送来了罢,哈哈哈。什么东西!周作人[4],钱玄同;周树人就是鲁迅,做小说的,对不对?孙伏园[5];马裕藻就是马幼渔[6],对不对?陈通伯[7],郁达夫[8]。什么东西!Tolstoi,Andreev[9],张三,什么东西!哈哈哈,冯玉祥,吴佩孚[10],哈哈哈。"

"你是为了我不再向晨报馆投稿的事而来的么?"但我又即刻觉到我的推测有些不确了,因为我没有见过杨遇夫马幼渔在《晨报副镌》上做过文章,不至于拉在一起;况且我的译稿的稿费至今还没有着落,他该不至于来说反话的。

"不给钱是不走的。什么东西,还要找!还要找陈通伯去。我就要找你的兄弟去,找周作人去,找你的哥哥去。"

我想:他连我的兄弟哥哥都要找遍,大有恢复灭族法之意了,的确古人的凶心都遗传在现在的青年中。我同时又觉得这意思有些可笑,就自己微笑起来。

"你不舒服罢?"他忽然问。

"是的,有些不舒服,但是因为你骂得不中肯。"

"我朝南。"他又忽而站起来,向后窗立着说。

我想:这不知道是什么意思。

他忽而在我的床上躺下了。我拉开窗幔,使我的佳客的脸显得清楚些,以便格外看见他的笑貌。他果然有所动作了,是使他自己的眼角和嘴角都颤抖起来,以显示凶相和疯相,但每一抖都很费力,所以不到十抖,脸上也就平静了。

我想:这近于疯人的神经性痉挛,然而颤动何以如此不调匀,牵连的范围又何以如此之大,并且很不自然呢?——一定,他是装出来的。

　　我对于这杨树达君的纳罕和相当的尊重,忽然都消失了,接着就涌起要呕吐和沾了龌龊东西似的感情来。原来我先前的推测,都太近于理想的了。初见时我以为简率的口调,他的意思不过是装疯,以热茶为冷,以北为南的话,也不过是装疯。从他的言语举动综合起来,其本意无非是用了无赖和狂人的混合状态,先向我加以侮辱和恫吓,希图由此传到别个,使我和他所提出的人们都不敢再做辩论或别样的文章。而万一自己遇到困难的时候,则就用"神经病"这一个盾牌来减轻自己的责任。但当时不知怎样,我对于他装疯技术的拙劣,就是其拙至于使我在先觉不出他是疯人,后来渐渐觉到有些疯意,而又立刻露出破绽的事,尤其抱着特别的反感了。

　　他躺着唱起歌来。但我于他已经毫不感到兴味,一面想,自己竟受了这样浅薄卑劣的欺骗了,一面却照了他的歌调吹着口笛,借此嘘出我心中的厌恶来。

　　"哈哈哈!"他翘起一足,指着自己鞋尖大笑。那是玄色的深梁的布鞋,裤是西式的,全体是一个时髦的学生。

　　我知道,他是在嘲笑我的鞋尖已破,但已经毫不感到什么兴味了。

　　他忽而起来,走出房外去,两面一看,极灵敏地找着了厕所,小解了。我跟在他后面,也陪着他小解了。

　　我们仍然回到房里。

　　"吓!什么东西!……"他又要开始。

　　我可是有些不耐烦了,但仍然恳切地对他说:

"你可以停止了。我已经知道你的疯是装出来的。你此来也另外还藏着别的意思。如果是人,见人就可以明白的说,无须装怪相。还是说真话罢,否则,白费许多工夫,毫无用处的。"

他貌如不听见,两手搂着裤裆,大约是扣扣子,眼睛却注视着壁上的一张水彩画。过了一会,就用第二个指头指着那画大笑:

"哈哈哈!"

这些单调的动作和照例的笑声,我本已早经觉得枯燥的了,而况是假装的,又如此拙劣,便愈加看得烦厌。他侧立在我的前面,我坐着,便用了曾被讥笑的破的鞋尖一触他的胫骨,说:

"已经知道是假的了,还装甚么呢?还不如直说出你的本意来。"

但他貌如不听见,徘徊之间,突然取了帽和铅笔匣,向外走去了。

这一着棋是又出于我的意外的,因为我还希望他是一个可以理喻,能知惭愧的青年。他身体很强壮,相貌很端正。Tolstoi 和 Andreev 的发音也还正。

我追到风门前,拉住他的手,说道,"何必就走,还是自己说出本意来罢,我可以更明白些……"他却一手乱摇,终于闭了眼睛,拼两手向我一挡,手掌很平的正对着我:他大概是懂得一点国粹的拳术的。

他又往外走。我一直送到大门口,仍然用前说去固留,而他推而且挣,终于挣出大门了。他在街上走得很傲然,而且从容地。

这样子,杨树达君就远了。

我回进来,才向女工问他进来时候的情形。

"他说了名字之后,我问他要名片,他在衣袋里掏了一会,说道,'阿,名片忘了,还是你去说一声罢。'笑嘻嘻,一点不像疯的。"女工说。

我愈觉得要呕吐了。

然而这手段却确乎使我受损了,——除了先前的侮辱和恫吓之外。我的女工从此就将门关起来,到晚上听得打门声,只大叫是谁,却不出去,总须我自己去开门。我写完这篇文字之间,就放下了四回笔。

"你不舒服罢?"杨树达君曾经这样问过我。

是的,我的确不舒服。我历来对于中国的情形,本来多已不舒服的了,但我还没有预料到学界或文界对于他的敌手竟至于用了疯子来做武器,而这疯子又是假的,而装这假疯子的又是青年的学生。

二四年十一月十三日夜。

* * *

〔1〕 本篇最初发表于1924年11月24日《语丝》周刊第二期。

〔2〕 杨遇夫(1885—1956) 名树达,湖南长沙人,语言文字学家。曾留学日本,历任北京师范大学、清华大学、湖南大学教授。著有《高等国文法》、《词诠》等。按文中所说自称"杨树达"者本名杨鄂生

(？—1925)，北京师范大学国文系学生。

〔3〕 晨报　梁启超、汤化龙等组织的政治团体研究系的机关报。1916年8月创刊于北京，原名《晨钟报》，1918年12月改名《晨报》，1928年6月停刊。它的副刊《晨报副刊》1921年10月创刊，1928年6月停刊。《晨报》在政治上拥护北洋政府，但它的副刊在进步力量推动下，一个时期内曾是宣传新文化运动的重要刊物之一。鲁迅在1921年秋至1924年冬孙伏园任编辑时经常为它撰稿。

〔4〕 周作人(1885—1967)　字启明，浙江绍兴人，鲁迅的二弟。曾留学日本，当时任北京大学教授。抗日战争期间曾出任日伪华北政务委员会教育总署督办。

〔5〕 孙伏园(1894—1966)　原名福源，浙江绍兴人。北京大学毕业，新潮社、文学研究会和语丝社成员。先后任《晨报副刊》、《京报副刊》编辑。著有《伏园游记》、《鲁迅先生二三事》等。

〔6〕 马裕藻(1878—1945)　字幼渔，浙江鄞县人。曾留学日本，当时任北京大学国文系教授。

〔7〕 陈通伯(1896—1970)　名源，字通伯，笔名西滢，江苏无锡人。当时任北京大学教授，现代评论派的主要成员。

〔8〕 郁达夫　参看本书第152页注〔1〕。

〔9〕 Tolstoi　托尔斯泰。Andreev，安德烈耶夫。

〔10〕 冯玉祥(1882—1948)　字焕章，安徽巢县人，北洋直系将领，当时任国民军总司令。后来逐渐倾向进步。吴佩孚(1873—1939)，字子玉，山东蓬莱人，北洋直系军阀。

关于杨君袭来事件的辩正[1]

一

今天有几位同学极诚实地告诉我,说十三日访我的那一位学生确是神经错乱的,十三日是发病的一天,此后就加重起来了。我相信这是真实情形,因为我对于神经患者的初发状态没有实见和注意研究过,所以很容易有看错的时候。

现在我对于我那记事后半篇中神经过敏的推断这几段,应该注销。但以为那记事却还可以存在:这是意外地发露了人对人——至少是他对我和我对他——互相猜疑的真面目了。

当初,我确是不舒服,自己想,倘使他并非假装,我即不至于如此恶心。现在知道是真的了,却又觉得这牺牲实在太大,还不如假装的好。然而事实是事实,还有什么法子呢?我只能希望他从速回复健康。

十一月二十一日。

二

伏园兄：

今天接到一封信和一篇文稿,是杨君的朋友,也是我的学生[2]做的,真挚而悲哀,使我看了很觉得惨然,自己感到太易于猜疑,太易于愤怒。他已经陷入这样的境地了,我还可以不赶紧来消除我那对于他的误解么？

所以我想,我前天交出的那一点辩正,似乎不够了,很想就将这一篇在《语丝》第三期上给他发表。但纸面有限,如果排工有工夫,我极希望增刊两板(大约此文两板还未必容得下),也不必增价,其责任即由我负担。

由我造出来的酸酒,当然应该由我自己来喝干。

鲁迅。十一月二十四日。

* * *

〔1〕 本篇最初发表于1924年12月1日《语丝》周刊第三期。第一节排在李遇安《读了〈记"杨树达"君的袭来〉》之前,第二节排在李文之后。

〔2〕 指李遇安,河北人,1924年至1926年间北京师范大学学生。

烽 话 五 则[1]

父子们冲突着。但倘用神通将他们的年纪变成约略相同,便立刻可以像一对志同道合的好朋友。

伶俐人叹"人心不古"时,大抵是他的巧计失败了;但老太爷叹"人心不古"时,则无非因为受了儿子或姨太太的气。

电报曰:天祸中国[2]。天曰:委实冤枉!

精神文明人作飞机论曰:较之灵魂之自在游行,一钱不值矣。写完,遂率家眷移入东交民巷使馆界[3]。

倘诗人睡在烽火旁边,听得烘烘地响时,则烽火就是听觉。但此说近于味觉,因为太无味。然而无为即无不为[4],则无味自然就是至味了。对不对?

* * *

〔1〕 本篇最初发表于1924年11月24日《语丝》周刊第二期。烽即烽火。本文写于第二次直奉战争的时候,所以题为"烽话"。

〔2〕 天祸中国 北洋军阀时期,军阀官僚在通电中常用的辞句。如1917年7月5日段祺瑞电文:"天祸中国,变乱相寻。"又16日冯国璋电文:"天祸中国,变起京师。"

〔3〕 东交民巷使馆界 1900年八国联军攻占北京后,次年强迫清政府签订丧权辱国的《辛丑条约》,其中规定,将北京东交民巷东起崇

文门、西至棋盘街一带划为使馆界,界内由各国驻兵管理。这里往往也是官僚政客"避难"的地方。

〔4〕 无为即无不为　语出《老子》第三十七章:"道常无为而无不为。"

"音　乐"?[1]

　　夜里睡不着,又计画着明天吃辣子鸡,又怕和前回吃过的那一碟做得不一样,愈加睡不着了。坐起来点灯看《语丝》,不幸就看见了徐志摩先生的神秘谈[2],——不,"都是音乐",是听到了音乐先生的音乐:

　　　　"……我不仅会听有音的乐,我也会听无音的乐(其实也有音就是你听不见)。我直认我是一个甘脆的 Mystic[3]。我深信……"

此后还有什么什么"都是音乐"云云,云云云云[4]。总之:"你听不着就该怨你自己的耳轮太笨或是皮粗"!

　　我这时立即疑心自己皮粗,用左手一摸右胳膊,的确并不滑;再一摸耳轮,却摸不出笨也与否。然而皮是粗定了;不幸而"拊不留手"的竟不是我的皮,还能听到什么庄周先生所指教的天籁地籁和人籁[5]。但是,我的心还不死,再听罢,仍然没有,——阿,仿佛有了,像是电影广告的军乐。呸!错了。这是"绝妙的音乐"么?再听罢,没……唔,音乐,似乎有了:

　　　　"……慈悲而残忍的金苍蝇,展开馥郁的安琪儿的黄翅,唵,颉利,弥缚谛弥谛,从荆芥萝卜玎琤潨洋的彤海里起来。Br-rrr tatata tahi tal 无终始的金刚石天堂的娇枭鬼茱萸,蘸着半分之一的北斗的蓝血,将翠绿的忏悔写在腐烂的鹦哥伯伯的狗肺上！你不懂么？咄！吁，我将死矣！婀娜涟漪的天狼的香而秽恶的光明的利镞，射中了塌鼻阿牛的妖艳光滑蓬松而冰冷的秃头，一匹黯黮欢愉的瘦螳螂飞去了。哈，我不死矣！无终……"[6]

危险，我又疑心我发热了，发昏了，立刻自省，即知道又不然。这不过是一面想吃辣子鸡，一面自己胡说八道；如果是发热发昏而听到的音乐，一定还要神妙些。并且其实连电影广告的军乐也没有听到，倘说是幻觉，大概也不过自欺之谈，还要给粗皮来粉饰的妄想。我不幸终于难免成为一个苦韧的非Mystic了，怨谁呢。只能恭颂志摩先生的福气大，能听到这许多"绝妙的音乐"而已。但倘有不知道自怨自艾的人，想将这位先生"送进疯人院"去，我可要拚命反对，尽力呼冤的，——虽然将音乐送进音乐里去，从甘脆的 Mystic 看来并不算什么一回事。

然而音乐又何等好听呵，音乐呀！再来听一听罢，可惜而且可恨，在檐下已有麻雀儿叫起来了。

咦，玲珑零星邦滂砰珉的小雀儿呵，你总依然是不管甚么地方都飞到，而且照例来唧唧啾啾地叫，轻飘飘地跳么？然而这也是音乐呀，只能怨自己的皮粗。

只要一叫而人们大抵震悚的怪鸱的真的恶声在那里!?

* * * *

〔1〕 本篇最初发表于 1924 年 12 月 15 日《语丝》周刊第五期。

〔2〕 徐志摩的神秘谈　1924 年 12 月 1 日《语丝》周刊第三期刊

集 外 集

登徐志摩译的法国波德莱尔《恶之华》诗集中《死尸》一诗,诗前有徐志摩的长篇议论,宣扬"诗的真妙处不在他的字义里,却在他的不可捉摸的音节里;他刺戟着也不是你的皮肤(那本来就太粗太厚!)却是你自己一样不可捉摸的魂灵"等神秘主义的文艺论。

〔3〕 Mystic 英语:神秘主义者。

〔4〕 "都是音乐" 徐志摩在译诗前的议论中说:"我深信宇宙的底质,人生的底质,一切有形的事物与无形的思想的底质——只是音乐,绝妙的音乐。天上的星,水里泅的乳白鸭,树林里冒的烟,朋友的信,战场上的炮,坟堆里的鬼燐,巷口那只石狮子,我昨夜的梦……无一不是音乐。你就把我送进疯人院去,我还是咬定牙龈认账的。是的,都是音乐——庄周说的天籁地籁人籁;全是的。你听不着就该怨你自己的耳轮太笨,或是皮粗,别怨我。"

〔5〕 庄周(约前369—前286) 战国时宋国人,道家学派的代表人物之一。天籁地籁和人籁,指自然界发出和由人口吹奏出来的声音。见《庄子·齐物论》:"女闻人籁而未闻地籁,女闻地籁而未闻天籁夫?"

〔6〕 "慈悲而残忍的金苍蝇"一段话,是鲁迅为讽刺徐志摩的神秘主义论调和译诗而拟写的。

我来说"持中"的真相[1]

风闻有我的老同学玄同[2]其人者,往往背地里褒贬我,褒固无妨,而又有贬,则岂不可气呢?今天寻出漏洞,虽然与我无干,但也就来回敬一箭罢:报仇雪恨,《春秋》之义[3]也。

他在《语丝》第二期上说,有某人挖苦叶名琛的对联"不战,不和,不守;不死,不降,不走。"大概可以作为中国人"持中"的真相之说明。[4]我以为这是不对的。

夫近乎"持中"的态度大概有二:一者"非彼即此",二者"可彼可此"也。前者是无主意,不盲从,不附势,或者别有独特的见解;但境遇是很危险的,所以叶名琛终至于败亡,虽然他不过是无主意。后者则是"骑墙",或是极巧妙的"随风倒"了,然而在中国最得法,所以中国人的"持中"大概是这个。倘改篡了旧对联来说明,就该是:

"似战,似和,似守;

似死,似降,似走。"

于是玄同即应据精神文明法律第九万三千八百九十四条,治以"误解真相,惑世诬民"之罪了。但因为文中用有"大概"二字,可以酌给末减[5]:这两个字是我也很喜欢用的。

＊　＊　＊

〔1〕 本篇最初发表于1924年12月15日《语丝》周刊第五期。

〔2〕 玄同　钱玄同。1908年,他在日本东京和鲁迅一同听过章太炎讲授《说文解字》。

〔3〕 《春秋》之义　《春秋》中有不少地方赞美报仇雪恨,如《春秋·公羊传》庄公四年称:"九世犹可以复仇乎?虽百世可也。"又定公四年:"父不受诛,子复仇可也。"不受诛,东汉何休注:"不受诛罪不当诛也。"

〔4〕 叶名琛(1807—1859)　字昆臣,湖北汉阳人,清朝大臣。1852年(咸丰二年)任两广总督兼通商大臣。1854年他在镇压广东天地会起义时,曾受英法侵略者的军火接济。1857年英法联军侵略广州,他不作战争准备,在家设长春仙馆,供奉所谓吕洞宾和李太白二仙的牌位,扶乩以占吉凶。广州失陷后被俘,送往香港,后又转囚印度加尔各答镇海楼,1859年病死。当时人们讽刺他的对联全文是:"不战不和不守,相臣度量,疆臣抱负;不死不降不走,古之所无,今之罕有。"钱玄同在《语丝》周刊第二期(1924年12月24日)发表的《随感录·"持中"底真相之说明》中说:"有些人们说,欧洲人'向前',印度人'向后',都不如中国人'持中'的好",并引用了这副对联,说:"我觉得这大概可以作为'持中'底真相之说明了。"

〔5〕 末减　减轻罪罚的意思。《左传》昭公十四年:"三数叔鱼之恶,不为末减。"晋代杜预注:"末,薄也;减,轻也。"

一九二五年

咬嚼之余[1]

我的一篇《咬文嚼字》的"滥调",又引起小麻烦来了,再说几句罢。

我那篇的开首说:"以摆脱传统思想之束缚……"

第一回通信的某先生[2]似乎没有看见这一句,所以多是枝叶之谈,况且他大骂一通之后,即已声明不管,所以现在也不在话下。

第二回的潜源先生的通信是看见那一句的了,但意见和我不同,以为都非不能"摆脱传统思想之束缚……"。各人的意见,当然会各式各样的。

他说女名之所以要用"轻靓艳丽"字眼者,(一)因为"总常想知道他或她的性别"。但我却以为这"常想"就是束缚。小说看下去就知道,戏曲是开首有说明的。(二)因为便当,譬如托尔斯泰有一个女儿叫作 Elizabeth Tolstoi[3],全译出来太麻烦,用"妥妳丝苔"就明白简单得多。但假如托尔斯泰还有两个女儿,叫做 Mary Tolstoi et Hilda Tolstoi[4],即又须别想八个"轻靓艳丽"字样,反而麻烦得多了。

他说 Go 可译郭,Wi 可译王,Ho 可译何,何必故意译做

"各""旺""荷"呢?再者,《百家姓》[5]为什么不能有伟力?但我却以为译"郭""王""何"才是"故意",其游魂是《百家姓》;我之所以诧异《百家姓》的伟力者,意思即见前文的第一句中。但来信又反问了,则又答之曰:意思即见前文第一句中。

再说一遍罢,我那篇的开首说:"以摆脱传统思想之束缚……。"所以将翻译当作一种工具,或者图便利,爱折中的先生们是本来不在所讽的范围之内的。两位的通信似乎于这一点都没有看清楚。

末了,我对于潜源先生的"末了"的话,还得辩正几句。(一)我自己觉得我和三苏[6]中之任何一苏,都绝不相类,也不愿意比附任何古人,或者"故意"凌驾他们。倘以某古人相拟,我也明知是好意,但总是满身不舒服,和见人使 Gorky 姓高相同。(二)其实《呐喊》并不风行,其所以略略流行于新人物间者,因为其中的讽刺在表面上似乎大抵针对旧社会的缘故,但使老先生们一看,恐怕他们也要以为"吹敲""苛责",深恶而痛绝之的。(三)我并不觉得我有"名",即使有之,也毫不想因此而作文更加郑重,来维持已有的名,以及别人的信仰。纵使别人以为无聊的东西,只要自己以为有聊,且不被暗中禁止阻碍,便总要发表曝露出来,使厌恶滥调的读者看看,可以从速改正误解,不相信我。因为我觉得我若专讲宇宙人生的大话,专刺旧社会给新青年看,希图在若干人们中保存那由误解而来的"信仰",倒是"欺读者",而于我是苦痛的。

一位先生当面,一位通信,问我《现代评论》[7]里面的一篇《鲁迅先生》[8]，为什么没有了。我一查，果然，只剩了前面的《苦恼》和后面的《破落户》，而本在其间的《鲁迅先生》确乎没有了。怕还有同样的误解者，我在此顺便声明一句：我一点不知道为什么。

假如我说要做一本《妥妳丝苔传》，而暂不出版，人便去质问托尔斯泰的太太或女儿，我以为这办法实在不很对，因为她们是不会知道我所玩的是什么把戏的。

一月二十日。

【备考】：

"无聊的通信"

伏园先生：

自从先生出了征求"青年爱读书十部"的广告之后，《京报副刊》上就登了关于这类的许多无聊的通信；如"年青妇女是否可算'青年'"之类。这样无聊的文字，这样简单的脑筋，有登载的价值么？除此，还有前天的副刊上载有鲁迅先生的《咬文嚼字》一文，亦是最无聊的一种，亦无登载的必要！《京报副刊》的篇幅是有限的，请先生宝贵它吧，多登些有价值的文字吧！兹寄上一张征求的表请收下。

十三，仲潜。

凡记者收到外间的来信，看完以后认为还有再给别人看看的必要，于是在本刊上发表了。例如廖仲潜先生这封信,我也认为有公开的价值,虽然或者有人(也许连廖先生自己)要把它认为"无聊的通信"。我发表"青年二字是否连妇女也包括在内?"的李君通信,是恐怕读者当中还有像李君一般怀疑的,看了我的答案可以连带的明白了。关于这层我没有什么其他的答辩。至于鲁迅先生的《咬文嚼字》,在记者个人的意见,是认为极重要极有意义的文字的,所以特用了二号字的标题,四号字的署名,希望读者特别注意。因为鲁迅先生所攻击的两点,在记者也以为是晚近翻译界堕落的征兆,不可不力求改革的。中国从翻译印度文字以来,似乎数千年中还没有人想过这样的怪思想,以为女人的名字应该用美丽的字眼,男人的名字的第一音应该用《百家姓》中的字,的确是近十年来的人发明的(这种办法在严几道时代还未通行),而近十年来的翻译文字的错误百出也可以算得震铄前古的了。至于这两点为什么要攻击,只要一看鲁迅先生的讽刺文字就会明白。他以中国"周家的小姐不另姓绸"去映衬有许多人用"玛丽亚","婀娜","娜拉"这些美丽字眼译外国女人名字之不当,以"吾家rky"一语去讥讽有许多人将无论那一国的人名硬用《百家姓》中的字作第一音之可笑,只这两句话给我们的趣味已经够深长够浓厚了,而廖先生还说它是"最无聊"的文字么?最后我很感谢廖先生热心的给我指导,还很希望其他读者如对于副刊有什么意见时不吝赐教。

伏园敬复。

一九二五年一月十五日《京报副刊》。

关于《咬文嚼字》

伏园先生：

我那封短信，原系私人的通信，应无发表的必要；不过先生认为有公开的价值，就把它发表了。但因此那封信又变为无聊的通信了，岂但无聊而已哉，且恐要惹起许多无聊的是非来，这个挑拨是非之责，应该归记者去担负吧！所以如果没有彼方的答辩则已；如有，我可不理了。至于《咬文嚼字》一文，先生认为原意中攻击的两点是极重要且极有意义的，我不无怀疑之点：A，先生照咬文嚼字的翻译看起来，以为是晚近翻译界堕落的征兆。为什么是堕落？我不明白。你以为女人的名字应该用美丽的字眼，男人的名字的第一音应该用《百家姓》中的字，是近来新发明的，因名之曰怪思想么？但我要问先生认它为"堕落"的，究竟是不是"怪思想"？我以为用美丽的字眼翻译女性的名字是翻译者完全的自由与高兴，无关紧要的；虽是新发明，却不是堕落的征兆，更不是怪思想！B，外国人的名是在前，姓是在后。"高尔基"三个音连成的字，是 Gorky 的姓，并不是他就是姓"高"；不过便于中国人的习惯及记忆起见，把第一音译成一个相似的中国姓，或略称某氏以免重复的累赘底困难。如果照中国人的姓名而认他姓高，则尔基就变成他的名字了？岂不是笑话吗！又如，Wilde 可译为王尔德，可译魏尔德，又可译为樊尔德，然则他一人姓了王又姓魏又姓樊，此理可说的通吗？可见所谓"吾家 rky"者,我想,是鲁迅先生新发明的吧！不然,就是说"吾家 rky"的人,根本不知"高尔基"三音连合的字是他原来的姓！因同了一个"高"字,就贸贸然称起吾家还加上 rky 来,这的确是新杜撰的滑稽话！却于事实上并无滑稽的毫末,只惹得人说他无意思而已,说他是门外汉而已,说他是无聊而已！先生所谓够深长够浓厚极重要极有意义的所在,究竟何所而在？虽然,记者有记者个人的意见,有记者要它发表不发表的权力,所以二号字的标题与四号字的署名,就刊出来了。最后我很感谢先生上次的盛意并希望先生个人认为很有意思的文字多登载几篇。还有一句话:将来如有他方面的各种的笔墨官司打来,恕我不再来答辩了,不再来凑无聊的热闹了。此颂

撰安。

十六,弟仲潜敬复。

"高尔基三个音连成的字,是 Gorky 的姓,并不是他就姓高",廖先生这句话比鲁迅先生的文字更有精采。可惜这句话不能天天派一个人对读者念着,也不能叫翻译的人在篇篇文章的原著者下注着"高尔基不姓高,王尔德不姓王,白利欧不姓白……"廖先生这篇通信登过之后不几天,廖先生这句名言必又被人忘诸脑后了。所以,鲁迅先生的讽刺还是重要,如果翻译界的人被鲁迅先生的"吾家尔基"一语刺得难过起来,竟毅然避去《百家

姓》中之字而以声音较近之字代替了（如哥尔基,淮尔德,勃利欧……），那末阅者一望而知"三个音连成的字是姓,第一音不是他的姓",不必有烦廖先生的耳提面命了。不过这样改善以后,其实还是不妥当,所以用方块儿字译外国人名的办法,其寿命恐怕至多也不过还有五年,进一步是以注音字母译（钱玄同先生等已经实行了,昨天记者遇见钱先生,他就说即使第一音为《百家姓》中的字之办法改良以后,也还是不妥）,再进一步是不译,在欧美许多书籍的原名已经不译了,主张不译人名即使在今日的中国恐怕也不算过激罢。

伏园附注

一九二五年一月十八日《京报副刊》。

《咬文嚼字》是"滥调"

伏园先生：

鲁迅先生《咬文嚼字》一篇,在我看来,实在毫无意义。仲潜先生称它为"最无聊"之作,极为得体。不料先生在仲潜先生信后的附注,对于这"最无聊"三字大为骇异,并且说鲁迅先生所举的两种,为翻译界堕落的现象,这真使我大为骇异了。

我们对于一个作家或小说戏剧上的人名,总常想知道他或她的性别（想知道性别,并非主张男女不平等）。在中国的文字上,我们在姓底下有"小姐""太太"或"夫人",若把姓名全写出来,则中国女子的名字,大多有

"芳""兰""秀"等等"轻靓艳丽"的字眼。周家的姑娘可以称之为周小姐,陈家的太太可以称之为陈太太,或者称为周菊芳陈兰秀亦可。从这些字样中,我们知道这个人物是女性。在外国文字中可就不同了。外国人的姓名有好些 Syllables[9]是极多的,用中文把姓名全译出来非十数字不可,这是何等惹人讨厌的事。年来国内人对于翻译作品之所以比较创造作品冷淡,就是因为翻译人名过长的缘故(翻译作品之辞句不顺口,自然亦是原因中之一)。假如托尔斯泰有一个女叫做 Elizabeth Tolstoi,我们全译出来,成为"托尔斯泰伊丽沙白"八字,何等麻烦。又如有一个女子叫做 Mary Hilda Stuwart,我们全译出来,便成为"玛丽海尔黛司徒渥得"也很讨厌。但是我们又不能把这些名字称为托尔斯泰小姐或司徒渥得夫人,因为这种六个字的称呼,比起我们看惯了周小姐陈太太三字的称呼多了一半,也不方便。没法,只得把名字删去,"小姐","太太"也省略,而用"妥妳丝苔"译 Elizabeth Tolstoi,用"丝图娃德"译 Mary Hilda Stuwart,这诚是不得已之举。至于说为适合中国人的胃口,故意把原名删去,有失原意的,那末,我看根本外国人的名字,便不必译,直照原文写出来好。因为中国人能看看不惯的译文,多少总懂得点洋文的。鲁迅先生此举诚未免过于吹毛求疵?

至于用中国姓译外国姓,我看也未尝不可以。假如 Gogol 的 Go 可以译做郭,Wilde 的 Wi 可以译做王,Holz 的 Ho 可以译做何,我们又何必把它们故意译做"各"

"旺""荷"呢？再者，《百家姓》为什么不能有伟力？

诚然，国内的翻译界太糟了，太不令人满意了！翻译界堕落的现象正多，却不是这两种。伏园先生把它用二号字标题，四号字标名，也算多事，气力要卖到大地方去，却不可做这种吹敲的勾当。

末了，我还要说几句：鲁迅先生是我所佩服的。讥刺的言辞，尖锐的笔锋，精细的观察，诚可引人无限的仰慕。《呐喊》出后，虽不曾名噪天下，也名噪国中了。他的令弟启明先生，亦为我崇拜之一人。读书之多，令人惊叹。《自己的园地》为国内文艺界一朵奇花。我尝有现代三周（还有一个周建人先生），驾乎从前三苏之慨。不过名人名声越高，作品也越要郑重。若故意纵事吹敲或失之苛责，不免带有失却人信仰的危险。而记者先生把名人的"滥调"来充篇幅，又不免带有欺读者之嫌。冒犯，恕罪！顺祝健康。

　　　　　　　　　　　　　　　　潜　源。
一月十七日于唐山大学。

鲁迅先生的那篇《咬文嚼字》，已有两位"潜"字辈的先生看了不以为然，我猜想青年中这种意见或者还多，那么这篇文章不是"滥调"可知了。你也会说，我也会说，我说了你也同意，你说了他也说这不消说：那是滥调。鲁迅先生那两项主张，在簇新头脑的青年界中尚且如此通不过去，名为滥调，是冤枉了，名为最无聊，那更冤枉了。

记者对于这项问题,是加入讨论的一人,自知态度一定不能公平,所以对于"潜"字辈的先生们的主张,虽然万分不以为然,也只得暂且从缓答辩。好在超于我们的争论点以上,还有两项更高一层的钱玄同先生的主张,站在他的地位看我们这种争论也许是无谓已极,无论谁家胜了也只赢得"不妥"二字的考语罢了。

伏园附注。

一九二五年一月二十日《京报副刊》。

*　　*　　*　　*

〔1〕 本篇最初发表于 1925 年 1 月 22 日北京《京报副刊》。

〔2〕 指廖仲潜。

〔3〕 Elizabeth Tolstoi　英语,可译为伊丽莎白·托尔斯泰。

〔4〕 Mary Tolstoi et Hilda Tolstoi　法语,可译为玛丽·托尔斯泰和希尔达·托尔斯泰。

〔5〕 《百家姓》　旧时学塾所用的识字课本。宋初人编,系将姓氏连缀为四言韵语,以便诵读。

〔6〕 三苏　宋代文学家苏洵及其子苏轼、苏辙的并称。宋代王闢之《渑水燕谈录·才识》:"苏氏文章擅天下,目其文曰三苏。盖洵为老苏,轼为大苏,辙为小苏。"

〔7〕 《现代评论》　综合性周刊,1924 年 12 月创刊于北京,1927 年 7 月移至上海,1928 年底出至第八卷第二〇九期停刊。主要撰稿人有胡适、王世杰、陈西滢、徐志摩等。

〔8〕 《鲁迅先生》　张定璜作。1925 年 1 月 16 日《京报副刊》

上刊登的《现代评论》第一卷第六期的预告目录中,该文排在《苦恼》和《破落户》两篇之间。但出版时并无此文。按此文后来发表于《现代评论》第七、八两期。《苦恼》,胡适所译的契诃夫的短篇小说;《破落户》,炳文作的杂文。

〔9〕 Syllables 英语:音节。

咬嚼未始"乏味"[1]

对于四日副刊上潜源先生的话再答几句:

一,原文云:想知道性别并非主张男女不平等。答曰:是的。但特别加上小巧的人工,于无须区别的也多加区别者,又作别论。从前独将女人缠足穿耳,也可以说不过是区别;现在禁止女人剪发,也不过是区别,偏要逼她头上多加些"丝苔"而已。

二,原文云:却于她字没有讽过。答曰:那是译 She[2] 的,并非无风作浪。即不然,我也并无遍讽一切的责任,也不觉得有要讽草头丝旁,必须从讽她字开头的道理。

三,原文云:"常想"真是"传统思想的束缚"么?答曰:是的,因为"性意识"强。这是严分男女的国度里必有的现象,一时颇不容易脱体的,所以正是传统思想的束缚。

四,原文云:我可以反问:假如托尔斯泰有两兄弟,我们不要另想几个"非轻靓艳丽"的字眼么?答曰:断然不必。我是主张连男女的姓也不要妄加分别的,这回的辩难一半就为此。怎么忽然又忘了?

五,原文云:赞成用郭译 Go……习见故也。答曰:"习见"和"是"毫无关系。中国最习见的姓是"张王李赵"。《百家姓》的第一句是"赵钱孙李","潜"字却似乎颇不习见,但谁能说"钱"是而"潜"非呢？

六，原文云：我比起三苏，是因为"三"字凑巧，不愿意，"不舒服"，马上可以去掉。答曰：很感谢。我其实还有一个兄弟[3]，早死了。否则也要防因为"四"字"凑巧"，比起"四凶"[4]，更加使人着急。

【备考】：

咬嚼之乏味　　　　潜源

当我看《咬文嚼字》那篇短文时，我只觉得这篇短文无意义，其时并不想说什么。后来伏园先生在仲潜先生信后的附注中，把这篇文字大为声张，说鲁迅先生所举的两点是翻译界堕落的现象，所以用二号字标题，四号字标名；并反对在我以为"极为得体"的仲潜先生的"最无聊"三字的短评。因此，我才写信给伏园先生。

在给伏园先生的信中，我说过："气力要卖到大地方去，却不可从事吹敲，""记者先生用二号字标题，四号字标名，也是多事，"几句话。我的意思是：鲁迅先生所举的两点是翻译界极小极小的事，用不着去声张做势；翻译界可论的大事正多着呢，何不到那去卖气力？（鲁迅先生或者不承认自己声张，然伏园先生却为之声张了。）就是这两点极小极小的事，我也不能迷信"名人说话不会错的"而表示赞同，所以后面对于这两点加以些微非议。

在未入正文之先，我要说几句关于"滥调"的话。

实在,我的"滥调"的解释与普通一般的解释有点不同。在"滥调"二字旁,我加了"　",表示它的意义是全属于字面的(literal)。即是指"无意义的论调"或直指"无聊的论调"亦可。伏园先生与江震亚先生对于"滥调"二字似乎都有误解,故顺便提及。

现在且把我对于鲁迅先生《咬嚼之余》一篇的意见说说。

先说第一点吧:鲁迅先生在《咬嚼之余》说,"我那篇开首说:'以摆脱传统思想之束缚……'……两位的通信似乎于这一点都没有看清楚。"于是我又把《咬文嚼字》再看一遍。的确,我看清楚了。那篇开首明明写着"以摆脱传统思想的束缚而来主张男女平等的男人,却……",那面的意思即是:主张男女平等的男人,即已摆脱传统思想的束缚了,我在前次通信曾说过,"加些草头,女旁,丝旁""来译外国女人的姓氏",是因为我们想知道他或她的性别,然而知道性别并非主张男女不平等(鲁迅先生对于此点没有非议)。那末,结论是,用"轻靓艳丽"的字眼译外国女人名,既非主张男女不平等,则其不受传统思想的束缚可知。糟就糟在我不该在"想"字上面加个"常"字,于是鲁迅先生说,"'常想'就是束缚"。"常想"真是"束缚"吗?是"传统思想的束缚"吗?口吻太"幽默"了,我不懂。"小说看下去就知道,戏曲是开首有说明的。"作家的姓名呢?还有,假如照鲁迅先生的说法,数年前提倡新文化运动的人们特为"创"出一个

"她"字来代表女人，比"想"出"轻靓艳丽"的字眼来译女人姓氏，不更为受传统思想的束缚而更麻烦吗？然而鲁迅先生对于用"她"字却没有讽过。至于说托尔斯泰有两个女儿，又须别想八个"轻靓艳丽"的字眼，麻烦得多，我认此点并不在我们所谈之列。我们所谈的是"两性间"的分别，而非"同性间"。而且，同样我可以反问：假如托尔斯泰有两兄弟，我们不要另想几个"非轻靓艳丽"的字眼吗？

关于第二点，我仍觉得把 Gogol 的 Go 译做郭，把 Wilde 的 Wi 译做王，……既不曾没有"介绍世界文学"，自然已"摆脱传统思想的束缚"。鲁迅说"故意"译做"郭""王"是受传统思想的束缚，游魂是《百家姓》，也未见得。我少时简直没有读过《百家姓》，我却赞成用"郭"译 Gogol 的 Go，用"王"译 Wilde 的 Wi，为什么？"习见"故也。

他又说："将翻译当作一种工具，或者图便利，爱折中的先生们是本来不在所讽的范围之内的。"对于这里我自然没有话可说。但是反面"以摆脱传统思想束缚的，而借翻译以主张男女平等，介绍世界文学"的先生们，用"轻靓艳丽"的字眼译外国女人名，用郭译 Go，用王译 Wi，我也承认是对的，而"讽"为"吹敲"，为"无聊"，理由上述。

正话说完了。鲁迅先生"末了"的话太客气了。(一)我比起三苏，是因为"三"字凑巧，不愿意，"不舒服",马上可以去掉。(二)《呐喊》风行得很;讽刺旧社会是对的,"故意"讽刺已摆脱传统思想的束缚的人们是不对。(三)鲁迅先生名是有的:《现代评论》有《鲁迅先生》,以前的《晨报附刊》对于"鲁迅"这个名字,还经过许多滑稽的考据呢!

最后我要说几句好玩的话。伏园先生在我信后的附注中,指我为簇新青年,这自然挖苦的成分多,真诚的成分少。假如我真是"簇新",我要说用"她"字来代表女性,是中国新文学界最堕落的现象,而加以"讽刺"呢。因为非是不足以表现"主张男女平等",非是不足以表现"摆脱传统思想的束缚"!

二,一,一九二五,唐大。

一九二五年二月四日《京报副刊》。

* * *

〔1〕 本篇最初发表于1925年2月10日《京报副刊》。

〔2〕 She 英语:她。

〔3〕 指鲁迅的四弟周椿寿(1893—1898)。

〔4〕 "四凶" 传说是尧舜时代著名的坏人。《左传》文公十八年:"流四凶族:浑敦、穷奇、梼杌、饕餮,投诸四裔,以御螭魅。"

杂　　语[1]

称为神的和称为魔的战斗了,并非争夺天国,而在要得地狱的统治权。所以无论谁胜,地狱至今也还是照样的地狱。

两大古文明国的艺术家握手[2]了,因为可图两国的文明的沟通。沟通是也许要沟通的,可惜"诗哲"[3]又到意大利去了。

"文士"和老名士战斗,因为……,——我不知道要怎样。但先前只许"之乎者也"的名公捧角,现在却也准 ABCD 的"文士"入场了。这时戏子便化为艺术家,对他们点点头。

新的批评家要站出来么？您最好少说话,少作文,不得已时,也要做得短。但总须弄几个人交口说您是批评家。那么,您的少说话就是高深,您的少作文就是名贵,永远不会失败了。

新的创作家要站出来么？您最好是在发表过一篇作品之后,另造一个名字,写点文章去恭维；倘有人攻击了,就去辩护。而且这名字要造得艳丽一些,使人们容易疑心是女性[4]。倘若真能有这样的一个,就更佳；倘若这一个又是爱人,就更更佳。"爱人呀！"这三个字就多么旖旎而饶于诗趣呢？正不必再有第四字,才可望得到奋斗的成功。

集　外　集

* 　　* 　　* 　　*

〔1〕 本篇最初发表于1925年4月24日北京《莽原》周刊第一期。

〔2〕 两大古文明国的艺术家握手　指1924年4月印度诗人泰戈尔来华时与我国京剧艺术家梅兰芳的握手。

〔3〕 "诗哲"　指泰戈尔。当时报纸报导中称他为"印度诗哲"。

〔4〕 化名写文章为自己的作品辩护的事,当时曾多有发生。如北大学生欧阳兰所作独幕剧《父亲的归来》,几全系抄袭日本菊池宽所著的《父归》,经人在《京报副刊》指出后,除欧阳兰本人作文答辩外,还出现署名"琴心"的女师大学生也作文替他辩护。不久,又有人揭发欧阳兰所作《寄S妹》抄袭郭沫若译的雪莱诗,"琴心"和另一"雪纹女士"又连写几篇文字替他分辩。事实上,"琴心"和"雪纹女士"的文字,都是欧阳兰自己作的。又1925年2月18日《京报副刊》发表署名"芳子"的《廖仲潜先生的"春心的美伴"》一文,恭维廖的作品"是'真'是'美'是'诗'的小说",鲁迅在《两地书·一五》中说:"我现在疑心'芳子'就是廖仲潜,实无其人,和'琴心'一样的。"

编 完 写 起[1]

近几天收到两篇文章[2],是答陈百年先生的《一夫多妻的新护符》[3]的,据说《现代评论》不给登他们的答辩,又无处可投,所以寄到我这里来了,请为介绍到可登的地方去。诚然,《妇女杂志》[4]上再不见这一类文章了,想起来毛骨悚然,悚然于阶级很不同的两类人,在中国竟会联成一气。但我能向那里介绍呢?饭碗是谁都有些保重的。况且,看《现代评论》的预告,已经登在二十二期上了,我便决意将这两篇没收。

但待到看见印成的《现代评论》的时候,我却又决计将它登出来了,因为这比那挂在那边的尾巴上的一点[5]要详得多。但是,委屈得很,只能在这无聊的《莽原》[6]上。我于他们三位都是熟识之至,又毫没有研究过什么性伦理性心理之类,所以不敢来说外行话。可是我总以为章周两先生在中国将这些议论发得太早,——虽然外国已经说旧了,但外国是外国。可是我总觉得陈先生满口"流弊流弊"[7],是论利害而不像论是非,莫明其妙。

但陈先生文章的末段,读来却痛快——

"……至于法律和道德相比,道德不妨比法律严些,法律所不禁止的,道德尽可加以禁止。例如拍马吹牛,似乎不是法律所禁止的……然则我们在道德上也可以容许拍马屁,认为无损人格么?"

这我敢回答:是不能容许的。然而接着又起了一个类似的问题:例如女人被强奸,在法律上似乎不至于处死刑,然则我们在道德上也可以容许被强奸,认为无须自杀么?

章先生的驳文[8]似乎激昂些,因为他觉得陈先生的文章发表以后,攻击者便源源而来,就疑心到"教授"的头衔上去。那么,继起者就有"拍马屁"的嫌疑了,我想未必。但教授和学者的话,比起一个小编辑来,容易得社会信任,却也许是实情,因此从论敌看来,这些名称也就有了流弊了,真所谓"有一利必有一弊"。

十一日。

【案语】:

案:这《编完写起》共有三段,第一段和第三段都已经收在《华盖集》里了,题为《导师》和《长城》。独独这一段没有收进去,大约是因为那时以为只关于几个人的事情,并无多谈的必要的缘故。

然而在当时,却也并非小事情。《现代评论》是学者们的喉舌,经它一喝,章锡琛先生的确不久就失去《妇女杂志》的编辑的椅子,终于从商务印书馆走出,——但积久却做了开明书店的老板,反而获得予夺别人的椅子的威权,听说现在还在编辑所的大门口也站起了巡警。陈百年先生是经理考试去了。这真教人不胜今昔之感。

就这文章的表面看来,陈先生是意在防"弊",欲以道德济法律之穷,这就是儒家和法家的不同之点。但我并不是说:陈先生是儒家,章周两先生是法家,——中国现在,家数又并没有这么清清楚楚。

一九三五年二月十五日晨,补记。

* * *

〔1〕 本篇最初发表于1925年5月15日《莽原》周刊第四期。发表时共有四段,总题《编完写起》。后来作者将第一、二两段合为一篇,改题《导师》,第四段改题为《长城》,编入《华盖集》,本篇是其中的第三段。现据鲁迅重抄稿校订。

关于新性道德问题的论争,鲁迅还于1925年6月1日写了《编者附白》,现编入《集外集拾遗补编》。

〔2〕 指周建人的《答〈一夫多妻的新护符〉》和章锡琛的《驳陈百年教授〈一夫多妻的新护符〉》,同时发表于1925年5月15日《莽原》周刊第四期。

〔3〕 陈百年(1887—1983) 名大齐,字百年,浙江海盐人。当时是北京大学教授。后任国民党政府考试院秘书长等职。《一夫多妻的新护符》发表于1925年3月14日《现代评论》第一卷第十四期,是反对《妇女杂志》"新性道德号"(1925年1月)中周建人的《性道德之科学的标准》和章锡琛的《新性道德是什么》两篇文章中关于性道德解放的主张的。

〔4〕 《妇女杂志》 月刊,1915年1月在上海创刊,1931年12月出至第十七卷第十二期停刊,商务印书馆出版。初由王莼农主编,自1921年第七卷第一期起由章锡琛主编。1925年该刊出版"新性道德

号"受到陈百年的批评,商务印书馆即不准再登这类文章,1926年章锡琛被迫离职。

〔5〕 《现代评论》发表了陈百年的《一夫多妻的新护符》后,章锡琛和周建人即分别写了《新性道德与多妻——答陈百年先生》和《恋爱自由与一夫多妻——答陈百年先生》两文,投寄该刊,但被积压近两月后,始在《现代评论》第一卷第二十二期(1925年5月9日)末尾的"通讯"栏删节刊出。

〔6〕 《莽原》 文艺刊物,鲁迅编辑。1925年4月24日在北京创刊。初为周刊,附《京报》发行,同年11月27日出至三十二期止。1926年1月10日改为半月刊,由未名社出版。同年8月鲁迅离开北京后,由韦素园接编,1927年12月25日出至第四十八期停刊。

〔7〕 "流弊流弊" 陈百年在《现代评论》第一卷第二十二期(1925年5月9日)发表的《答章周二先生论一夫多妻》一文中,连用了十多个"流弊"批评章、周的主张。

〔8〕 章先生 即章锡琛(1889—1969),字雪村,浙江绍兴人。当时是《妇女杂志》的主编。1926年秋创办开明书店,任董事兼经理。这里说的"驳文",指他的《驳陈百年教授"一夫多妻的新护符"》一文,其中说:"我们中国人往往有一种牢不可破的最坏的下流脾气,就是喜欢崇拜博士,教授,以及所谓名流,因为陈先生是一位教授,特别是所谓'全国最高学府'北京大学的有名的教授,所以他对于我们一下了批评,就好像立刻宣告了我们的死罪一般,这篇文章发表以后,从各方面袭来的种种间接直接的指斥,攻击,迫害,已经使我们够受……而我们向《现代评论》所提起的反诉,等了一个多月,不但未见采纳,简直也未见驳回……并不是为什么,只为了我们不曾做大学教授。"

俄文译本《阿Q正传》序及
著者自叙传略[1]

《阿Q正传》序

这在我是很应该感谢,也是很觉得欣幸的事,就是:我的一篇短小的作品,仗着深通中国文学的王希礼(B. A. Vassiliev)[2]先生的翻译,竟得展开在俄国读者的面前了。

我虽然已经试做,但终于自己还不能很有把握,我是否真能够写出一个现代的我们国人的魂灵来。别人我不得而知,在我自己,总仿佛觉得我们人人之间各有一道高墙,将各个分离,使大家的心无从相印。这就是我们古代的聪明人,即所谓圣贤,将人们分为十等[3],说是高下各不相同。其名目现在虽然不用了,但那鬼魂却依然存在,并且,变本加厉,连一个人的身体也有了等差,使手对于足也不免视为下等的异类。造化生人,已经非常巧妙,使一个人不会感到别人的肉体上的痛苦了,我们的圣人和圣人之徒却又补了造化之缺,并且使人们不再会感到别人的精神上的痛苦。

我们的古人又造出了一种难到可怕的一块一块的文字;但我还并不十分怨恨,因为我觉得他们倒并不是故意的。然而，许多人却不能借此说话了，加以古训所筑成的高墙，更使他们连想也不敢想。现在我们所能听到的，不过是几个圣人之徒的意见和道理，为了他们自己；至于百姓，却就默默的生长，萎黄，枯死了，像压在大石底下的草一样，已经有四千年！

要画出这样沉默的国民的魂灵来，在中国实在算一件难事，因为，已经说过，我们究竟还是未经革新的古国的人民，所以也还是各不相通，并且连自己的手也几乎不懂自己的足。我虽然竭力想摸索人们的魂灵，但时时总自憾有些隔膜。在将来，围在高墙里面的一切人众，该会自己觉醒，走出，都来开口罢，而现在还少见，所以我也只得依了自己的觉察，孤寂地姑且将这些写出，作为在我的眼里所经过的中国的人生。

我的小说出版之后，首先收到的是一个青年批评家[4]的谴责；后来，也有以为是病的，也有以为滑稽的，也有以为讽刺的；或者还以为冷嘲[5]，至于使我自己也要疑心自己的心里真藏着可怕的冰块。然而我又想，看人生是因作者而不同，看作品又因读者而不同，那么，这一篇在毫无"我们的传统思想"的俄国读者的眼中，也许又会照见别样的情景的罢，这实在是使我觉得很有意味的。

一九二五年五月二十六日，于北京。鲁迅。

著者自叙传略

我于一八八一年生在浙江省绍兴府城里的一家姓周的家

里。父亲是读书的;母亲姓鲁,乡下人,她以自修得到能够看书的学力。听人说,在我幼小时候,家里还有四五十亩水田,并不很愁生计。但到我十三岁时,我家忽而遭了一场很大的变故[6],几乎什么也没有了;我寄住在一个亲戚家,有时还被称为乞食者。我于是决心回家,而我底父亲又生了重病,约有三年多,死去了。我渐至于连极少的学费也无法可想;我底母亲便给我筹办了一点旅费,教我去寻无需学费的学校去,因为我总不肯学做幕友或商人,——这是我乡衰落了的读书人家子弟所常走的两条路。

其时我是十八岁,便旅行到南京,考入水师学堂[7]了,分在机关科[8]。大约过了半年,我又走出,改进矿路学堂[9]去学开矿,毕业之后,即被派往日本去留学。但待到在东京的豫备学校[10]毕业,我已经决意要学医了,原因之一是因为我确知道了新的医学对于日本的维新[11]有很大的助力。我于是进了仙台(Sendai)医学专门学校,学了两年。这时正值俄日战争[12],我偶然在电影上看见一个中国人因做侦探而将被斩,因此又觉得在中国还应该先提倡新文艺。我便弃了学籍,再到东京,和几个朋友立了些小计画[13],但都陆续失败了。我又想往德国去,也失败了。终于,因为我底母亲和几个别的人[14]很希望我有经济上的帮助,我便回到中国来;这时我是二十九岁。

我一回国,就在浙江杭州的两级师范学堂做化学和生理学教员,第二年就走出,到绍兴中学堂去做教务长,第三年又走出,没有地方可去,想在一个书店去做编译员,到底被拒绝了。但革命也就发生,绍兴光复后,我做了师范学校的校长。革命政府在南京成立,教育部长招我去做部员,移入北京,一直到现在[15]。近几年,我还兼做北京大学,师范大学,女子师范大学的国文系讲师。

我在留学时候,只在杂志上登过几篇不好的文章[16]。初做小说是一九一八年,因了我的朋友钱玄同的劝告,做来登在《新青年》上的。这时才用"鲁迅"的笔名(Penname);也常用别的名字做一点短论。现在汇印成书的只有一本短篇小说集《呐喊》,其余还散在几种杂志上。别的,除翻译不计外,印成的又有一本《中国小说史略》。

* * *

〔1〕 本篇最初发表于1925年6月15日《语丝》周刊第三十一期,是应《阿Q正传》俄译者王希礼之请而写的。其中《〈阿Q正传〉序》译成俄文后,收入1929年列宁格勒激浪出版社出版的《阿Q正传》(俄文版鲁迅短篇小说选集)一书。

〔2〕 王希礼 原名波·阿·瓦西里耶夫(Б. А. Васильев,?—1937),苏联人。1925年是河南国民革命第二军俄国顾问团成员。

〔3〕 圣贤将人们分为十等 《左传》昭公七年:"天有十日,人有十等。下所以事上,上所以共(供)神也。故王臣公,公臣大夫,大夫臣士,士臣皂(皁),皂臣舆,舆臣隶,隶臣僚,僚臣仆,仆臣台。"

〔4〕 青年批评家 指成仿吾,参看本书第203页注〔96〕。他在《创造季刊》第二卷第二号(1924年2月)发表的《〈呐喊〉的评论》一文中说:"《阿Q正传》为浅薄的纪实的传记","描写虽佳,而结构极坏。"

〔5〕《阿Q正传》发表后,曾出现这样一些评论:如张定璜的《鲁迅先生》说:"《呐喊》的作家的看法带点病态,所以他看的人生也带点病态,其实实在的人生并不如此。"(见1925年1月30日《现代评论》一卷八期)冯文炳的《呐喊》说:"鲁迅君的刺笑的笔锋,随在可以碰见,……至于阿Q,更要使人笑得不亦乐乎。"(见1924年4月13日《晨报副刊》)周作人的《阿Q正传》说:"《阿Q正传》是一篇讽刺小说……因为他多是反语(irony),便是所谓冷的讽刺——'冷嘲'。"(见1922年3月19日《晨报副刊》)

〔6〕 变故 指鲁迅祖父周福清(介孚)于1893年(清光绪十九年)因科场案入狱一事。

〔7〕 水师学堂 即江南水师学堂,清政府1890年设立的一所海军学校。初分驾驶、管轮两科,不久增添鱼雷科。1915年改为海军雷电学校。

〔8〕 机关科 即管轮科,现称轮机专业。

〔9〕 矿路学堂 即江南陆师学堂附设的矿务铁路学堂。创办于1898年,1902年停办。

〔10〕 东京的豫备学校 指东京弘文学院,创办于1902年1月,是日本人嘉纳治五郎为中国留学生开设的补习日语和基础课的学校。1909年停办。

〔11〕 日本的维新 指日本明治年间由封建社会向资本主义社会转变时期的自上而下的改革运动。1868年明治天皇掌握政权,废除封建幕府制度,推行一系列有利于资本主义发展的政策,至1889年颁布《帝国宪法》,这一时期的改革运动,史称"明治维新"。在此以前,日本一部分学者曾大量输入和讲授西方医学,宣传西方科学技术,积极主张革新,对日本维新运动的兴起,曾起过一定的作用。

〔12〕 俄日战争　指1904年2月至1905年9月,沙皇俄国同日本帝国主义之间为争夺在我国东北地区和朝鲜的侵略权益而进行的一次帝国主义战争。

〔13〕 小计画　指和许寿裳、周作人等筹办《新生》杂志和译介被压迫民族文学等事。参看《呐喊·自序》、《译文序跋集·〈域外小说集〉序》。

〔14〕 指周作人和他的妻子羽太信子等。

〔15〕 1912年1月中华民国临时政府在南京成立,鲁迅应教育总长蔡元培之约赴教育部任职,同年五月随临时政府迁至北京,任社会教育司第二科科长。不久,第一科移交内务部,第二科改为第一科,1912年8月26日,鲁迅被委任为第一科科长。

〔16〕 指收入本书的《斯巴达之魂》、《说鈤》和收入《坟》中的《人之历史》、《科学史教篇》、《文化偏至论》、《摩罗诗力说》等。

"田园思想"[1]

白波先生：

　　我所憎恶的所谓"导师"，是自以为有正路，有捷径，而其实却是劝人不走的人。倘有领人向前者，只要自己愿意，自然也不妨追踪而往。但这样的前锋，怕中国现在还找不到罢。所以我想，与其找胡涂导师，倒不如自己走，可以省却寻觅的工夫，横竖他也什么都不知道。至于我那"遇见森林，可以辟成平地，……"这些话[2]，不过是比方，犹言可以用自力克服一切困难，并非真劝人都到山里去。

鲁迅

【备考】：

来　信

鲁迅先生：

　　上星期偶然到五马路一爿小药店里去看我一个小表弟——他现在是店徒——走过亚东书馆，顺便走了进去。在杂乱的书报堆里找到了几期《语丝》，便买来把它读。在广告栏中看见了有所谓《莽原》的广告和目录，说是由先生主编的，定神一想，似乎刚才在亚东书馆也乱置在里

83

面,便懊悔的什么似的。要再乘电车出去,时钱两缺,暂时把它丢开了。可是当我把《语丝》读完的时候,想念《莽原》的心思却忽然增高万倍,急中生智,马上写了一封信给我的可爱的表弟。下二天,我居然能安安逸逸的读《莽原》了。三期中最能引起我的兴致的,便是先生的小杂感。

上面不过要表明对于《莽原》的一种渴望,不是存心要耗费先生的时间。今天,我的表弟又把第四期的《莽原》寄给我了,白天很热,所以没有细读,现在是半夜十二时多了,在寂静的大自然中,洋烛光前,细读《编完写起》,一字一字的。尤其使我百读不厌的,是第一段关于"青年与导师"的话。因为这个念头近来把我扰的头昏,时时刻刻想找一些文章来读,借以得些解决。

先生说:"你们所多的是生力,遇见深林,可以开成平地的,遇见旷野,可以栽种树木的……,寻什么乌烟瘴气的鸟导师!"可真痛快之至了!

先生,我不愿对你说我是怎么烦闷的青年啦,我是多么孤苦啦,因为这些无聊的形容词非但不能引人注意,反生厌恶。我切急要对先生说的,是我正在找个导师呵!我所谓导师,不是说天天把书讲给我听,把道德……等指示我的,乃是正在找一个能给我一些真实的人生观的师傅!

大约一月前,我把嚣俄的《哀史》[3]念完了。当夜把它的大意仔细温习一遍,觉得嚣俄之所以写了这么长的一部伟著，其用意也不过是指示某一种人的人生观。他写《哀史》是在流放于 Channel Island[4]时，所以他所指示的人是一种被世界，人类，社会，小人……甚至一个侦探所舍弃的人，但同时也是被他们监视的人。一个无辜的农夫，偷了一点东西来养母亲，卒至终生做了罪犯；逃了一次监，罪也加重一层。后来，竟能化名办实业，做县知事，乐善好施，救出了无数落难的人。而他自己则布衣素食，保持着一副沉毅的态度，还在夜间明灯攻读，以补少年失学之缺憾（这种处所，正是浪漫作家最得意之笔墨）。可是他终被一个侦探（社会上实有这种人的！）怀疑到一个与他同貌的农夫，及至最后审判的一天，他良心忍不住了，投案自首，说他才是个逃犯。至此，他自己知道社会上决不能再容他存在了。于是他一片赤诚救世之心，却无人来接受！这是何等的社会！可是他的身体可以受种种的束缚，他的心却是活的！所以他想出了以一个私生女儿为终生的安慰！他可为她死！他的生也是为了她。试看 Cosett[5]与人家发生了爱，他老人家终夜不能入睡，是多么的烦闷呵！最后，她嫁了人，他老人家觉得责任已尽，人生也可告终了。于是也失踪了。

我以为嚣俄是指导被社会压迫与弃置的人，尽可做一些实在的事；其中未始没有乐趣。正如先生所谓"遇见深林……"，虽则在动机上彼此或有些不同。差不多有一年之久，我终日想自己去做一些工作，不倚靠别人，总括一句，就是不要做智识阶级的人了，自己努力去另辟一新园地。后来又读托尔斯泰小说 Anna Karenina[6]，看副主人 Levin[7] 的田园生活，更证明我前念之不错。及至后来读了 Hardy 的悲观色彩十分浓厚的 Tess[8]，对于乡村实在有些入魔了！不过以 Hardy 的生活看来，勤勤恳恳的把 Wessex 写给了世人，自己孜孜于文学生涯，觉得他的生活，与嚣俄或托尔斯泰所写的有些两样，一是为了他事失败而才从事的，而哈代则生来愿意如此（虽然也许是我妄说，但不必定是哈代，别的人一定很多）。虽然结果一样，其"因"却大相径庭。一是进化的，前者却是退化了。

因为前天在某文上见引用一句歌德的话："做是容易的，想却难了！"于是从前种种妄想，顿时消灭的片屑不存。因为照前者的入田园，只能算一种"做"，而"想"却绝对谭不到，平心而论，一个研究学问或作其他事业的人一旦遭了挫折，便去归返自然，只能算"做"一些简易的工作，和我国先前的隐居差不多，无形中已陷于极端的消极了！一个愚者而妄想"想"，自然痴的可怜，但一遇挫折已便反却，却是退化了。

先生的意思或许不是这些，但现今田园思想充斥了全国青年的头脑中，所以顺便写了一大堆无用的话。但不知先生肯否给我以稍为明了一些的解释呢？

先生虽然万分的憎恶所谓"导师"，我却从心坎里希望你做一些和厨川白村相像的短文（这相像是我虚拟的），给麻木的中国人一些反省。

白波，上海同文书院。六月。

＊　　＊　　＊

〔1〕 本篇最初发表于1925年6月12日《莽原》周刊第八期。现据鲁迅重抄稿校订。

〔2〕 参看《华盖集·导师》。

〔3〕 嚣俄　通译雨果（V. Hugo，1802—1885），法国作家。《哀史》，即《悲惨世界》。

〔4〕 Channel Island　海峡群岛，在英吉利海峡。1851年后，雨果流亡于海峡群岛的泽西岛，后转往格恩济岛。

〔5〕 Cosett　柯赛特，《悲惨世界》中的人物。

〔6〕 Anna Karenina　《安娜·卡列尼娜》。

〔7〕 Levin　列文，《安娜·卡列尼娜》中的人物。

〔8〕 Hardy　哈代（1840—1928），英国作家。Tess，《苔丝》。下文的Wessex，《威塞克思》。

流言和谎话[1]

这一回编辑《莽原》时,看见论及北京女子师范大学风潮[2]的投稿里,还有用"某校"字样和几个方匡子[3]的,颇使我觉得中国实在还很有存心忠厚的君子,国事大有可为。但其实,报章上早已明明白白地登载过许多次了。

今年五月,为了"同系学生同时登两个相反的启事[4]已经发现了……"那些事,已经使"喜欢怀疑"的西滢先生有"好像一个臭毛厕"之叹(见《现代评论》二十五期《闲话》),现在如果西滢先生已回北京,或者要更觉得"世风日下"了罢,因为三个相反,或相成的启事[5]已经发现了:一是"女师大学生自治会";二是"杨荫榆";三是单叫作"女师大"。

报载对于学生"停止饮食茶水"[6],学生亦云"既感饥荒之苦,复虑生命之危",而"女师大"云"全属子虚",是相反的。而杨荫榆云"本校原望该生等及早觉悟自动出校并不愿其在校受生活上种种之不便也",则似乎饮食确已停止,和"女师大"说相反,与报章及学生说相成。

学生云"杨荫榆突以武装入校,勒令同学全体即刻离校,嗣复命令军警肆意毒打侮辱……",而杨荫榆云"荫榆于八月一日到校……暴劣学生肆行滋扰……故不能不请求警署拨派巡警保护……",是因为"滋扰"才请派警,与学生说相反的。

而"女师大"云"不料该生等非特不肯遵命竟敢任情谩骂极端侮辱……幸先经内右二区派拨警士在校防护……",是派警在先,"滋扰"在后,和杨荫榆说相反的。至于京师警察厅行政处公布,则云"查本厅于上月三十一日准国立北京女子师范大学函……请准予八月一日照派保安警察三四十名来校……",乃又与学生及"女师大"说相成了。杨荫榆确是先期准备了"武装入校",而自己竟不知道,以为临时叫来,真是离奇。

杨先生大约真如自己的启事所言,"始终以培植人才恪尽职守为素志……服务情形为国人所共鉴"的罢。"素志"我不得而知,至于"服务情形",则不必再说别的,只要一看本月一日至四日的"女师大"和她自己的两个启事之离奇闪烁就尽够了!撒谎造谣,即在局外者也觉得。如果是严厉的观察者和批评者,即可以执此而推论其他。

但杨先生却道:"所以勉力维持至于今日者非贪恋个人之地位为彻底整饬学风计也",窃以为学风是决非造谣撒谎所能整饬的;——地位自然不在此例。

且住,我又来说话了,或者西滢先生们又许要听到许多"流言"。然而请放心罢,我虽然确是"某籍"[7],也做过国文系的一两点钟的教员,但我并不想谋校长,或仍做教员以至增加钟点;也并不为子孙计,防她们会在女师大被诬被革,挨打挨饿。我借一句Lermontov[8]的愤激的话告诉你们:"我幸而没有女儿!"

八月五日。

集 外 集

* * * *

〔1〕 本篇最初发表于1925年8月7日《莽原》周刊第十六期。现据鲁迅重抄稿校订。

〔2〕 北京女子师范大学风潮 1924年秋,国立北京女子师范大学发生反对校长杨荫榆的风潮,迁延数月,未得解决。1925年1月,学生代表赴教育部诉述杨氏掌校以来的种种黑暗情况,并发表宣言不承认她为校长。同年4月,司法总长兼教育总长章士钊下令"整顿学风",助长了杨的气焰,5月7日,杨以校长身份强行主持纪念国耻讲演会,遭到学生反对,9日,她即假借评议会名义开除学生自治会职员六人,8月1日复带领武装警察到校,强令解散国文系三年级等四班,激起学生更大的反抗。

〔3〕 "某校"字样和几个方匡子 1925年8月7日《莽原》周刊第十六期所载朱大枬的《听说——想起》一文中,称女师大为"某校"。又同期效痴的《可悲的女子教育》一文用□□□代指杨荫榆和章士钊。

〔4〕 两个相反的启事 1925年5月17、18日《晨报》第二版曾刊有《国立北京女子师范大学音乐系、体育系紧要启事》和《国立北京女子师范大学哲教系全体学生紧要启事》,声称"严守中立","并未参与""本校风潮"云云。随后,三系学生在5月22日《京报》第二版登出《国立女子师范大学音乐系、哲学系、体育系启事》,声明驱杨是"全体同学公意",对上述"冒名启事"予以澄清。

〔5〕 三个相反或相成的启事 指1925年8月3日《京报》所载的《女师大学生自治会紧要启事》和次日该报刊载的《杨荫榆启事》及杨以学校名义发的《女师大启事》。前一启事抨击杨荫榆8月1日率领军警进校迫害学生的暴行,后两个启事则竭力为这一暴行辩护。

〔6〕 "停止饮食茶水"　见1925年8月2日《京报》所载《杨荫榆带警入女师大》的报道。

〔7〕 "某籍"　陈西滢在《现代评论》第一卷第二十五期（1925年5月30日）《闲话·粉刷毛厕》中说："我们在报纸上看见女师大七教员的宣言。以前我们常常听说女师大的风潮，有在北京教育界占最大势力的某籍某系的人在暗中鼓动，可是我们总不敢相信。……但是这篇宣言一出，免不了流言更加传布得厉害了。"某籍，指浙江。发表宣言的七人中有六人是浙江籍。某系，指北京大学国文系。

〔8〕 Lermontov　莱蒙托夫（М. Ю. Лермонтов，1814—1841），俄国作家。著有长诗《诗人之死》、《恶魔》及中篇小说《当代英雄》等。"我幸而没有女儿"，是《当代英雄·毕巧林日记》中一个人物说的话。

通　　信[1]（复霉江）

霉江先生：

　　如果"叛徒"们造成战线而能遇到敌人，中国的情形早已不至于如此，因为现在所遇见的并无敌人，只有暗箭罢了。所以想有战线，必须先有敌人，这事情恐怕还辽远得很，若现在，则正如来信所说，大概连是友是仇也不大容易分辨清楚的。

　　我对于《语丝》的责任，只有投稿，所以关于刊载的事，不知其详。至于江先生的文章[2]，我得到来信后，才看了一点。我的意见，以为先生太认真了，大约连作者自己也未必以为他那些话有这么被人看得值得讨论。

　　先生大概年纪还青，所以竟这样愤慨，而且推爱及我，代我发愁，我实在不胜感谢。这事其实是不难的，只要打听大学教授陈源（即西滢）先生，也许能够知道章士钊[3]是否又要"私禀执政"，因为陈教授那里似乎常有"流言"飞扬。但是，这不是我的事。

　　　　　　　　　　　　　　　　鲁迅。九月一日。

【备考】：

来　　信

鲁迅先生：

　　从近来《现代评论》之主张单独对英以媚亲日派的政府，侮辱学界之驱章为"打学潮糊涂账"以媚教育当局，骂"副刊至少有产生出来以备淘汰的价值"以侮辱"青年叛徒"及其领导者，藉达其下流的政客式的学者的拍卖人格的阴谋等等方面看来，我们深觉得其他有良心的学者和有人格的青年太少，太没有责任心，太怯懦了！从它的消售数目在各种周刊之上看（虽然有许多是送看的），从它的页数增加上看，我们可以知道卑污恶浊的社会里的读者最欢迎这类学术界中的《红》，《半月》或《礼拜六》。自从《新青年》停刊以后，思想界中再没有得力的旗帜鲜明的冲锋队了。如今"新青年的老同志有的投降了，有的退伍了，而新的还没练好"，而且"势力太散漫了。"我今天上午着手草《联合战线》一文，致猛进社，语丝社，莽原社同人及全国的叛徒们的，目的是将三社同人及其他同志联合起来，印行一种刊物，注全力进攻我们本阶级的恶势力的代表：一系反动派的章士钊的《甲寅》，一系与反动派朋比为奸的《现代评论》。我正在写那篇文章的时候，N君拿着一份新出来的《语丝》，指给我看这位充满"阿Q精神"兼"推敲大教育家"江绍原的"小杂种"，里面说道，"至于民报副刊，有人说是共产党办的。"江君翻打自己的嘴巴,乱生"小杂种",一被谑于米先生(见京报副刊),再见斥于作《阿Q的一点精神》(见民报副刊)的辛人,老羞成怒,竟迁怒到民副记者的身上去了。最巧妙的是江君偏在不入大人老爷之眼的语丝上诡谲地加上"有人说"三个字。N君说,"大约这位推敲大家在共出十五期的民副上没曾推出一句共产的宣传来,而同时对于这位归国几满三年,从未作过一句宣传的文章,从未加入任何政党,从未卷入任何风潮,从未作任何活动的民副记者——一个颓废派诗人梭罗古勃的爱慕者,也终不能查出共产党的证据,所以只能加上'有人说'三字,一方面可以摆脱责任,一方面又可造谣。而拈阄还凑巧正拈到投在语丝上……"我于是立刻将我的《联合战线》一文撕得粉碎;我万没想到这《现代评论》上的好文章,竟会在《语丝》上刊出来。实在,在这个世界上谁是谁的伙伴或仇敌呢?我们永远感受着胡乱握手与胡乱刺杀的悲哀。

我看你们时登民副记者的文章,那末,你不是窝藏共产党的(即使你不是共产党)么?至少"有人说"你是的。章士钊褫你的职还不足以泄其愤吧,谨防着他或者又会"私禀执政"把你当乱党办的。一笑。

下一段是N君仿江绍原的"小杂种"体编的,我写的——

"……胡适之怎样?……想起来了,那位博士近来盛传被'皇上''德化'了,招牌怕不香吧。

"陈西滢怎样？……听说近来被人指为'英日帝国主义者和某军阀的走狗章士钊'的'党徒'……

"至于江绍原，有人说他是一般人所指为学者人格拍卖公司现代评论社的第□支部总经理。……"

本函倘可给莽原补白，尚祈教正，是荷。

霉江谨上。

*　　*　　*

〔1〕 本篇最初发表于1925年9月4日《莽原》周刊第二十期。

〔2〕 江先生　即江绍原（1898—1983），安徽旌德人，北京大学哲学系肄业，1920年赴美留学，1923年回国后任北大哲学系讲师。他在《语丝》周刊第四十二期（1925年8月31日）发表《仿近人体骂章川岛》一文，其中多用反话，如说"至于《民报》副刊，有人说是共产党办的"等，霉江误以为是正面的诬蔑，表示愤慨。

〔3〕 章士钊（1881—1973）　字行严，湖南善化（今属长沙）人，当时任段祺瑞执政府司法总长兼教育总长。他在所办的《甲寅》周刊发表的一些文章中，常有"密呈执政"和"密言于执政"一类话。

一九二六年

《痴华鬘》题记[1]

尝闻天竺[2]寓言之富,如大林深泉,他国艺文,往往蒙其影响。即翻为华言之佛经中,亦随在可见,明徐元太辑《喻林》[3],颇加搜录,然卷帙繁重,不易得之。佛藏[4]中经,以譬喻为名者,亦可五六种,惟《百喻经》最有条贯。其书具名《百句譬喻经》;《出三藏记集》[5]云,天竺僧伽斯那从《修多罗藏》[6]十二部经中钞出譬喻,聚为一部,凡一百事,为新学者,撰说此经。萧齐永明十年九月十日,中天竺法师求那毗地[7]出。以譬喻说法者,本经云,"如阿伽陀药[8],树叶而裹之,取药涂毒竟,树叶还弃之,戏笑如叶裹,实义在其中"也。王君品青[9]爱其设喻之妙,因除去教诫,独留寓言;又缘经末有"尊者僧伽斯那造作《痴华鬘》竟"语,即据以回复原名,仍印为两卷。尝称百喻,而实缺二者,疑举成数,或并以卷首之引,卷末之偈为二事也。尊者造论,虽以正法为心,譬故事于树叶,而言必及法,反多拘牵;今则已无阿伽陀药,更何得有药裹,出离界域,内外洞然,智者所见,盖不惟佛说正义而已矣。

中华民国十五年五月十二日,鲁迅。

＊　　＊　　＊

〔1〕　本篇最初印入王品青校点的《痴华鬘》一书,该书1926年6月由北新书局出版。

〔2〕　天竺　我国古代对印度的称呼。唐玄奘《大唐西域记·滥波国》:"天竺之称,异议纠纷,……今从正音宜云印度。"

〔3〕　徐元太(1536—?)　字汝贤,安徽宣城人,明嘉靖年间进士,官至刑部尚书。《喻林》,辑录我国古籍和佛经中寓言故事的类书,一二○卷,分十门,每门各分子目,凡五百八十余类。有明代万历乙卯(1615)刊本。

〔4〕　佛藏　原为汉译佛教经典的总集名,通称《大藏经》,后为一切文种的佛教经籍的总称。藏经的编辑从南北朝时即开始,刊印最早始于宋开宝五年(972)的印雕佛经一藏,后历朝均有刊刻。其中以譬喻为集名的,除《百喻经》外,还有《大集譬喻王经》、《佛说譬喻经》、《阿育王譬喻经》、《法句譬喻经》、《杂譬喻经》等。

〔5〕　《出三藏记集》　南朝梁僧祐撰,十五卷。书中记载佛教经典经、律、论三藏的书目、序跋和各种译文的异同。

〔6〕　僧伽斯那　古印度的一个佛教法师。《修多罗藏》,即佛教著作"经"、"律"、"论"三藏之一的经藏。修多罗(Sutra),梵语"经"的音译。

〔7〕　求那毗地　僧伽斯那的弟子,《百喻经》最早的汉译者。

〔8〕　阿伽陀药　梵语Agada的音译,意为万灵药。

〔9〕　王品青(?—1927)　河南济源人,北京大学毕业,曾任北京孔德学校教师。

《穷人》小引[1]

千八百八十年,是陀思妥夫斯基[2]完成了他的巨制之一《卡拉玛卓夫兄弟》这一年;他在手记[3]上说:"以完全的写实主义在人中间发见人。这是彻头彻尾俄国底特质。在这意义上,我自然是民族底的。……人称我为心理学家(Psychologist)。这不得当。我但是在高的意义上的写实主义者,即我是将人的灵魂的深,显示于人的。"第二年,他就死了。

显示灵魂的深者,每要被人看作心理学家;尤其是陀思妥夫斯基那样的作者。他写人物,几乎无须描写外貌,只要以语气,声音,就不独将他们的思想和感情,便是面目和身体也表示着。又因为显示着灵魂的深,所以一读那作品,便令人发生精神底变化。灵魂的深处并不平安,敢于正视的本来就不多,更何况写出?因此有些柔软无力的读者,便往往将他只看作"残酷的天才"[4]。

陀思妥夫斯基将自己作品中的人物们,有时也委实太置之万难忍受的,没有活路的,不堪设想的境地,使他们什么事都做不出来。用了精神底苦刑,送他们到那犯罪,痴呆,酗酒,发狂,自杀的路上去。有时候,竟至于似乎并无目的,只为了手造的牺牲者的苦恼,而使他受苦,在骇人的卑污的状态上,表示出人们的心来。这确凿是一个"残酷的天才",人的灵魂的伟大的审问者。

然而,在这"在高的意义上的写实主义者"的实验室里,所处理的乃是人的全灵魂。他又从精神底苦刑,送他们到那反省,矫正,忏悔,苏生的路上去;甚至于又是自杀的路。到这样,他的"残酷"与否,一时也就难于断定,但对于爱好温暖或微凉的人们,却还是没有什么慈悲的气息的。

相传陀思妥夫斯基不喜欢对人述说自己,尤不喜欢述说自己的困苦;但和他一生相纠结的却正是困难和贫穷。便是作品,也至于只有一回是并没有豫支稿费的著作。但他掩藏着这些事。他知道金钱的重要,而他最不善于使用的又正是金钱;直到病得寄养在一个医生的家里了,还想将一切来诊的病人当作佳客。他所爱,所同情的是这些,——贫病的人们,——所记得的是这些,所描写的是这些;而他所毫无顾忌地解剖,详检,甚而至于鉴赏的也是这些。不但这些,其实,他早将自己也加以精神底苦刑了,从年青时候起,一直拷问到死灭。

凡是人的灵魂的伟大的审问者,同时也一定是伟大的犯人。审问者在堂上举劾着他的恶,犯人在阶下陈述他自己的善;审问者在灵魂中揭发污秽,犯人在所揭发的污秽中阐明那埋藏的光耀。这样,就显示出灵魂的深。

在甚深的灵魂中,无所谓"残酷",更无所谓慈悲;但将这灵魂显示于人的,是"在高的意义上的写实主义者"。

陀思妥夫斯基的著作生涯一共有三十五年,虽那最后的十年很偏重于正教[5]的宣传了,但其为人,却不妨说是始终一律。即作品,也没有大两样。从他最初的《穷人》起,最后的《卡拉玛卓夫兄弟》止,所说的都是同一的事,即所谓"捉住了心中所实验的事实,使读者追求着自己思想的径路,从这心的法则中,自然显示出伦理的观念来。"[6]

这也可以说:穿掘着灵魂的深处,使人受了精神底苦刑而得到创伤,又即从这得伤和养伤和愈合中,得到苦的涤除,而上了苏生的路。

《穷人》是作于千八百四十五年,到第二年发表的;是第一部,也是使他即刻成为大家的作品;格里戈洛维奇和涅克拉梭夫[7]为之狂喜,培林斯基[8]曾给他公正的褒辞。自然,这也可以说,是显示着"谦逊之力"[9]的。然而,世界竟是这么广大,而又这么狭窄;穷人是这么相爱,而又不得相爱;暮年是这么孤寂,而又不安于孤寂。他晚年的手记说:"富是使个人加强的,是器械底和精神底满足。因此也将个人从全体分开。"[10]富终于使少女从穷人分离了,可怜的老人便发了不成声的绝叫。爱是何等地纯洁,而又何其有搅扰咒诅之心呵!

而作者其时只有二十四岁,却尤是惊人的事。天才的心诚然是博大的。

中国的知道陀思妥夫斯基将近十年了,他的姓已经听得耳熟,但作品的译本却未见。这也无怪,虽是他的短篇,也没有很简短,便于急就的。这回丛芜[11]才将他的最初的作品,最初绍介到中国来,我觉得似乎很弥补了些缺憾。这是用 Constance Garnett[12] 的英译本为主,参考了 Modern Library[13] 的英译本译出的,歧异之处,便由我比较了原白光[14]的日文译本以定从违,又经素园[15]用原文加以校定。在陀思妥夫斯基全集十二巨册中,这虽然不过是一小分,但在我们这样只有微力的人,却很用去许多工作了。藏稿经年,才得印出,便借了这短引,将我所想到的写出,如上文。陀思妥夫斯基的人和他的作品,本是一时研究不尽的,统论全般,决非我的能力所及,所以这只好算作管窥之说;也仅仅略翻了三本书:Dostoievsky's Literarsche Schriften, Mereschkovsky's Dostoievsky und Tolstoy,[16] 昇曙梦[17]的《露西亚文学研究》。

俄国人姓名之长,常使中国的读者觉得烦难,现在就在此略加解释。那姓名全写起来,是总有三个字的:首先是名,其次是父名,第三是姓。例如这书中的解屋斯金,是姓;人却称他马加尔亚列舍维奇,意思就是亚列舍的儿子马加尔,是客气的称呼;亲昵的人就只称名,声音还有变化。倘是女的,便叫她"某之女某"。例如瓦尔瓦拉亚列舍夫那,意思就是亚列舍的女儿瓦尔瓦拉;有时叫她瓦兰加,则是瓦尔瓦拉的音变,也就是亲昵的称呼。

一九二六年六月二日之夜,鲁迅记于东壁下。

* * *

〔1〕 本篇最初发表于1926年6月14日《语丝》周刊第八十三期,为韦丛芜所译《穷人》而作。

《穷人》,陀思妥耶夫斯基的长篇小说,发表于1846年。韦丛芜的译本1926年6月由未名社出版,为《未名丛刊》之一。

〔2〕 陀思妥夫斯基(Ф. М. Достоевский,1821—1881) 通译陀

思妥耶夫斯基,俄国作家。著有长篇小说《穷人》、《白夜》、《被侮辱与被损害的》、《罪与罚》等。

〔3〕 手记 陀思妥耶夫斯基《文学著作集》的第三部分,录自1880年的笔记。这里的引文见《手记·我》。

〔4〕 "残酷的天才" 这是俄国文艺评论家米哈依洛夫斯基评论陀思妥耶夫斯基的文章题目。

〔5〕 正教 即东正教,基督教的一派。1054年基督教分裂为东西两派,东派自称正宗,故名。主要分布于希腊、南斯拉夫、罗马尼亚、保加利亚和俄国等。

〔6〕 "捉住了心中所实验的事实"等语,见日本昇曙梦《露西亚文学研究·陀思妥耶夫斯基论》。

〔7〕 格里戈洛维奇(Д. В. Григорович,1822—1899) 俄国作家。著有小说《乡村》、《苦命人安东》及《文学回忆录》、《美术史和美术理论文集》等。涅克拉梭夫(Н. А. Некрасов,1821—1878),通译涅克拉索夫,俄国诗人。著有长诗《严寒,通红的鼻子》、《在俄罗斯谁能快乐而自由》等。

〔8〕 培林斯基(В. Г. Белинский,1811—1848) 通译别林斯基,俄国文学评论家、哲学家。著有《文学的幻想》、《论普希金的作品》、《一八四六年俄国文学一瞥》、《一八四七年俄国文学一瞥》等。

〔9〕 "谦逊之力" 见昇曙梦《露西亚文学研究·陀思妥耶夫斯基论》。

〔10〕 "富是使个人加强的"等语 见陀思妥耶夫斯基《手记·财富》。

〔11〕 丛芜 韦丛芜(1905—1978),安徽霍丘人,未名社成员。译有陀思妥耶夫斯基的《罪与罚》、《穷人》等。

〔12〕 Constance Garnett　康斯坦斯·迦内特(1862—1946)，英国女翻译家。曾翻译俄国作家列夫·托尔斯泰、陀思妥耶夫斯基、契诃夫等人的作品。

〔13〕 Modern Library　《现代丛书》，美国现代丛书社出版。

〔14〕 原白光(1890—1971)　日本的俄国文学翻译家。

〔15〕 素园　韦素园(1902—1932)，安徽霍丘人，未名社成员。译有果戈理的中篇小说《外套》、俄国短篇小说集《最后的光芒》等。

〔16〕 Dostoievsky's Literarsche Schriften　德语：《陀思妥耶夫斯基文学著作集》；Mereschkovsky's Dostoievsky und Tolstoy，德语：梅列日科夫斯基《陀思妥耶夫斯基与托尔斯泰》。梅列日科夫斯基(Д. С. Мережковский，1866—1941)，俄国作家，象征主义和神秘主义者。1920年流亡法国。著有历史小说《基督和反基督》、历史剧《保罗一世》等。

〔17〕 昇曙梦(1878—1958)　日本的俄国文学研究者、翻译家。著有《俄国近代文艺思想史》、《露西亚文学研究》，译有列夫·托尔斯泰《复活》等。

通　　信[1]（复未名）

未名先生：

多谢你的来信，使我们知道，知道我们的《莽原》原来是"谈社会主义"的。

这也不独武昌的教授为然，全国的教授都大同小异。一个已经足够了，何况是聚起来成了"会"。他们的根据，就在"教授"，这是明明白白的。我想他们的话在"会"里也一定不会错。为什么呢？就因为他们是教授。我们的乡下评定是非，常是这样："赵太爷说对的，还会错么？他田地就有二百亩！"

至于《莽原》，说起来实在惭愧，正如武昌的 C 先生来信所说，不过"是些废话和大部分的文艺作品"。我们倒也并不是看见社会主义四个字就吓得两眼朝天，口吐白沫，只是没有研究过，所以也没有谈，自然更没有用此来宣传任何主义的意思。"为什么要办刊物？一定是要宣传什么主义。为什么要宣传主义？一定是在得某国的钱"这一类的教授逻辑，在我们的心里还没有。所以请你尽可放心看去，总不至于因此会使教授化为白痴，富翁变成乞丐的。——但保险单我可也不写。

你的名字用得不错，在现在的中国，这种"加害"的确要防的。北京大学的一个学生因为投稿用了真名,已经被教授老爷谋害了[2]。《现代评论》上有人发议论[3]道,"假设我们把知识阶级完全打倒后一百年,世界成个什么世界呢?"你看他多么"心上有杞天之虑"[4]?

鲁迅。六,九。

顺便答复 C 先生:来信已到,也就将上面那些话作为回答罢。

【备考】:

来　　信

鲁迅先生:

我们学校里也有一个小小的图书馆,虽说不到国内的报章刊物杂志一切尽有,大概也有一二种;而办学者虽说不到以全副力量在这里办学,总算得是出了一点狗力在这里厮闹。

有一天,一位同学要求图书馆主任订购《莽原》,主任把这件事提交教授会议——或者是评议会,经神圣的教授会审查,说《莽原》是谈社会主义的,不能订。然而主任敌不过那同学的要求,终究订了。

我自从听到《莽原》是谈社会主义的以后,便细心的从第一期起,重行翻阅一回,始终一点儿证据也找不着。不知他们所说的根据在何处?——恐怕他们的见解独到罢。这是要问你的一点。

因为我喜欢看《莽原》，忽然听到教授老爷们说它谈社会主义，像我这样的学生小子，自然是要起恐慌的。因为社会主义这四字是不好的名词，像洪水猛兽的一般——在他们看起来。因为现在谈社会主义的书，就像从前"有图画的本子，就要被塾师，就是当时的'引导青年的前辈'禁止，呵斥，甚而至于打手心"一样。因为恐怕他们禁止我读我爱读的《莽原》，而要我去读"人之初性本善"，至于呵斥，打手心，所以害怕得要死。这也是要问你的一点，要问你一个明白的一点。

　　有此两点，所以要问你，因为大学教授说的话，比较的真确——不是放屁，所以要问你，要问你《莽原》到底是不是谈社会主义。

六，一，未名于武昌。

　　我并不是姓未名名，也不是名未名，未名也不是我的别号，也不是像你们未名社没有取名字的意义。我的名二十一年前已经取好了，只是怕你把它宣布出来，那末他们教授老爷就要加害于我，所以不写出来。因为没有写出自己的真名字，就名之曰未名。

※　　※　　※

〔1〕 本篇最初发表于1926年6月25日《莽原》半月刊第十二期。

〔2〕 关于学生因为投稿被教授谋害的事，北京大学英语系学生

董秋芳在1926年3月30日《京报副刊》发表《可怕与可杀》一文，指斥陈西滢等把三一八惨案的责任"放在群众领袖的身上"。陈便利用北大英语系主任的职权，拒发英语翻译本给董，使他得不到该课成绩而影响毕业。董曾将此事经过告诉鲁迅。

〔3〕 指牛荣声的《开倒车》一文，见《现代评论》第七十八期（1926年6月5日），其中说："即如现在急进派骂稳健派为'开倒车'，照他们的主张，必须把知识阶级打倒，把一切社会制度根本推翻，方不是'开倒车'。不过大家要细想：假设我们把知识阶级完全打倒后一百年，世界成个什么世界呢。"

〔4〕 "心上有杞天之虑" 这是杨荫榆掉弄成语"杞人忧天"而成的文句。见她1925年5月14日印发的《国立北京女子师范大学校长杨荫榆对于本校暴烈学生之感言》。5月20日《晨报》曾以《"教育之前途棘矣！"》为正题，《杨荫榆宣言》为副题发表这篇《感言》。

一九二七年

文艺与政治的歧途[1]

——十二月二十一日在上海暨南大学讲

我是不大出来讲演的;今天到此地来,不过因为说过了好几次,来讲一回也算了却一件事。我所以不出来讲演,一则没有什么意见可讲,二则刚才这位先生说过,在座的很多读过我的书,我更不能讲什么。书上的人大概比实物好一点,《红楼梦》[2]里面的人物,像贾宝玉林黛玉这些人物,都使我有异样的同情;后来,考究一些当时的事实,到北京后,看看梅兰芳姜妙香[3]扮的贾宝玉林黛玉,觉得并不怎样高明。

我没有整篇的鸿论,也没有高明的见解,只能讲讲我近来所想到的。我每每觉到文艺和政治时时在冲突之中;文艺和革命原不是相反的,两者之间,倒有不安于现状的同一。惟政治是要维持现状,自然和不安于现状的文艺处在不同的方向。不过不满意现状的文艺,直到十九世纪以后才兴起来,只有一段短短历史。政治家最不喜欢人家反抗他的意见,最不喜欢人家要想,要开口。而从前的社会也的确没有人想过什么,又没有人开过口。且看动物中的猴子,它们自有它们的首领;首领要它们怎样,它们就怎样。在部落里,他们有一个酋长,他们跟着酋长走，酋长的吩咐，就是他们的标准。酋长要他们死，也只好去死。那时没有什么文艺，即使有，也不过赞美上帝（还没有后人所谓 God[4] 那么玄妙）罢了！那里会有自由思想？后来，一个部落一个部落你吃我吞，渐渐扩大起来，所谓大国，就是吞吃那多多少少的小部落；一到了大国，内部情形就复杂得多，夹着许多不同的思想，许多不同的问题。这时，文艺也起来了，和政治不断地冲突；政治想维系现状使它统一，文艺催促社会进化使它渐渐分离；文艺虽使社会分裂，但是社会这样才进步起来。文艺既然是政治家的眼中钉，那就不免被挤出去。外国许多文学家，在本国站不住脚，相率亡命到别个国度去；这个方法，就是"逃"。要是逃不掉，那就被杀掉，割掉他的头；割掉头那是最好的方法，既不会开口，又不会想了。俄国许多文学家，受到这个结果，还有许多充军到冰雪的西伯利亚去。

有一派讲文艺的，主张离开人生，讲些月呀花呀鸟呀的话（在中国又不同，有国粹的道德，连花呀月呀都不许讲，当作别论），或者专讲"梦"，专讲些将来的社会，不要讲得太近。这种文学家，他们都躲在象牙之塔[5]里面；但是"象牙之塔"毕竟不能住得很长久的呀！象牙之塔总是要安放在人间，就免不掉还要受政治的压迫。打起仗来，就不能不逃开去。北京有一班文人[6]，顶看不起描写社会的文学家，他们想，小说里面连车夫的生活都可以写进去，岂不把小说应该写才子佳人一首诗生爱情的定律都打破了吗？现在呢，他们也不能做高尚的文学家了，还是要逃到南边来；"象牙之塔"的窗子里，

集　外　集

到底没有一块一块面包递进来的呀！

等到这些文学家也逃出来了，其他文学家早已死的死，逃的逃了。别的文学家，对于现状早感到不满意，又不能不反对，不能不开口，"反对""开口"就是有他们的下场。我以为文艺大概由于现在生活的感受，亲身所感到的，便影印到文艺中去。挪威有一文学家[7]，他描写肚子饿，写了一本书，这是依他所经验的写的。对于人生的经验，别的且不说，"肚子饿"这件事，要是欢喜，便可以试试看，只要两天不吃饭，饭的香味便会是一个特别的诱惑；要是走过街上饭铺子门口，更会觉得这个香味一阵阵冲到鼻子来。我们有钱的时候，用几个钱不算什么；直到没有钱，一个钱都有它的意味。那本描写肚子饿的书里，它说起那人饿得久了，看见路人个个是仇人，即是穿一件单裤子的，在他眼里也见得那是骄傲。我记起我自己曾经写过这样一个人，他身边什么都光了，时常抽开抽屉看看，看角上边上可以找到什么；路上一处一处去找，看有什么可以找得到；这个情形，我自己是体验过来的。

从生活窘迫过来的人，一到了有钱，容易变成两种情形：一种是理想世界，替处同一境遇的人着想，便成为人道主义；一种是什么都是自己挣起来，从前的遭遇，使他觉得什么都是冷酷，便流为个人主义。我们中国大概是变成个人主义者多。主张人道主义的，要想替穷人想想法子，改变改变现状，在政治家眼里，倒还不如个人主义的好；所以人道主义者和政治家就有冲突。俄国文学家托尔斯泰[8]讲人道主义，反对战争，写过三册很厚的小说——那部《战争与和平》，他自己是个贵族,却是经过战场的生活,他感到战争是怎么一个惨痛。尤其是他一临到长官的铁板前(战场上重要军官都有铁板挡住枪弹),更有刺心的痛楚。而他又眼见他的朋友们,很多在战场上牺牲掉。战争的结果,也可以变成两种态度:一种是英雄,他见别人死的死伤的伤,只有他健存,自己就觉得怎样了不得,这么那么夸耀战场上的威雄。一种是变成反对战争的,希望世界上不要再打仗了。托尔斯泰便是后一种,主张用无抵抗主义来消灭战争。他这么主张,政府自然讨厌他;反对战争,和俄皇的侵掠欲望冲突;主张无抵抗主义,叫兵士不替皇帝打仗,警察不替皇帝执法,审判官不替皇帝裁判,大家都不去捧皇帝;皇帝是全要人捧的,没有人捧,还成什么皇帝,更和政治相冲突。这种文学家出来,对于社会现状不满意,这样批评,那样批评,弄得社会上个个都自己觉到,都不安起来,自然非杀头不可。

但是,文艺家的话其实还是社会的话,他不过感觉灵敏,早感到早说出来(有时,他说得太早,连社会也反对他,也排轧他)。譬如我们学兵式体操,行举枪礼,照规矩口令是"举……枪"这般叫,一定要等"枪"字令下,才可以举起。有些人却是一听到"举"字便举起来,叫口令的要罚他,说他做错。文艺家在社会上正是这样;他说得早一点,大家都讨厌他。政治家认定文学家是社会扰乱的煽动者,心想杀掉他,社会就可平安。殊不知杀了文学家,社会还是要革命;俄国的文学家被杀掉的充军的不在少数,革命的火焰不是到处燃着吗?文学家生前大概不能得到社会的同情,潦倒地过了一生,直到死后四五十年,才为社会所认识,大家大闹起来。政治家因此更厌恶文学家,以为文学家早就种下大祸根;政治家想不准大家思想,而那野蛮时代早已过去了。在座诸位的见解,我虽然不知道;据我推测,一定和政治家是不相同;政治家既永远怪文艺家破坏他们的统一,偏见如此,所以我从来不肯和政治家去说。

到了后来,社会终于变动了;文艺家先时讲的话,渐渐大家都记起来了,大家都赞成他,恭维他是先知先觉。虽是他活的时候,怎样受过社会的冥落。刚才我来讲演,大家一阵子拍手,这拍手就见得我并不怎样伟大;那拍手是很危险的东西,拍了手或者使我自以为伟大不再向前了,所以还是不拍手的好。上面我讲过,文学家是感觉灵敏了一点,许多观念,文学家早感到了,社会还没有感到。譬如今天衣萍[9]先生穿了皮袍,我还只穿棉袍;衣萍先生对于天寒的感觉比我灵。再过一月,也许我也感到非穿皮袍不可,在天气上的感觉,相差到一个月,在思想上的感觉就得相差到三四十年。这个话,我这么讲,也有许多文学家在反对。我在广东,曾经批评一个革命文学家[10]——现在的广东,是非革命文学不能算做文学的,是非"打打打,杀杀杀,革革革,命命命",不能算做革命文学的——我以为革命并不能和文学连在一块儿,虽然文学中也有文学革命。但做文学的人总得闲定一点,正在革命中,那有功夫做文学。我们且想想:在生活困乏中,一面拉车,一面"之乎者也",到底不大便当。古人虽有种田做诗的,那一定不是自己在种田;雇了几个人替他种田,他才能吟他的诗;真要种田,就没有功夫做诗。革命时候也是一样;正在革命,那有功夫做诗?我有几个学生,在打陈炯明[11]时候,他们都在战场;我读了他们的来信,只见他们的字与词一封一封生疏下去。俄国革命以后,拿了面包票排了队一排一排去领面包;这时,国家既不管你什么文学家艺术家雕刻家;大家连想面包都来不及,那有功夫去想文学?等到有了文学,革命早成功了。革命成功以后,闲空了一点;有人恭维革命,有人颂扬革命,这已不是革命文学。他们恭维革命颂扬革命,就是颂扬有权力者,和革命有什么关系?

这时,也许有感觉灵敏的文学家,又感到现状的不满意,又要出来开口。从前文艺家的话,政治革命家原是赞同过;直到革命成功,政治家把从前所反对那些人用过的老法子重新采用起来,在文艺家仍不免于不满意,又非被排轧出去不可,或是割掉他的头。割掉他的头,前面我讲过,那是顶好的法子咾,——从十九世纪到现在,世界文艺的趋势,大都如此。

十九世纪以后的文艺,和十八世纪以前的文艺大不相同。十八世纪的英国小说,它的目的就在供给太太小姐们的消遣,所讲的都是愉快风趣的话。十九世纪的后半世纪,完全变成和人生问题发生密切关系。我们看了,总觉得十二分的不舒服,可是我们还得气也不透地看下去。这因为以前的文艺,好像写别一个社会,我们只要鉴赏;现在的文艺,就在写我们自己的社会,连我们自己也写进去;在小说里可以发现社会,也可以发现我们自己;以前的文艺,如隔岸观火,没有什么切身关系;现在的文艺,连自己也烧在这里面,自己一定深深感觉到；一到自己感觉到，一定要参加到社会去！

十九世纪，可以说是一个革命的时代；所谓革命，那不安于现在，不满意于现状的都是。文艺催促旧的渐渐消灭的也是革命（旧的消灭，新的才能产生），而文学家的命运并不因自己参加过革命而有一样改变，还是处处碰钉子。现在革命的势力已经到了徐州[12]，在徐州以北文学家原站不住脚；在徐州以南，文学家还是站不住脚，即共了产，文学家还是站不住脚。革命文学家和革命家竟可说完全两件事。诋斥军阀怎样怎样不合理，是革命文学家；打倒军阀是革命家；孙传芳[13]所以赶走，是革命家用炮轰掉的，决不是革命文艺家做了几句"孙传芳呀，我们要赶掉你呀"的文章赶掉的。在革命的时候，文学家都在做一个梦，以为革命成功将有怎样怎样一个世界；革命以后，他看看现实全不是那么一回事，于是他又要吃苦了。照他们这样叫，啼，哭都不成功；向前不成功，向后也不成功，理想和现实不一致，这是注定的运命；正如你们从《呐喊》上看出的鲁迅和讲坛上的鲁迅并不一致；或许大家以为我穿洋服头发分开，我却没有穿洋服，头发也这样短短的。所以以革命文学自命的，一定不是革命文学，世间那有满意现状的革命文学？除了吃麻醉药！苏俄革命以前，有两个文学家，叶遂宁和梭波里[14]，他们都讴歌过革命，直到后来，他们还是碰死在自己所讴歌希望的现实碑上，那时，苏维埃是成立了！

不过，社会太寂寞了，有这样的人，才觉得有趣些。人类是欢喜看看戏的，文学家自己来做戏给人家看，或是绑出去砍头,或是在最近墙脚下枪毙,都可以热闹一下子。且如上海巡捕用棒打人,大家围着去看,他们自己虽然不愿意挨打,但看见人家挨打,倒觉得颇有趣的。文学家便是用自己的皮肉在挨打的啦!

今天所讲的,就是这么一点点,给它一个题目,叫做……《文艺与政治的歧途》。

* * *

〔1〕 本篇记录稿最初发表于1928年1月29日、30日上海《新闻报·学海》第一八二、一八三期,署周鲁迅讲,刘率真(即曹聚仁)记。收入本书时经过作者校阅。

〔2〕 《红楼梦》 长篇小说,清代曹雪芹著。通行本为一二〇回,后四十回一般认为是高鹗续作。

〔3〕 梅兰芳(1894—1961) 名澜,字畹华,江苏泰州人,京剧艺术家。姜妙香(1890—1972),北京人,京剧演员,他们二人自1916年起同台演出《黛玉葬花》。

〔4〕 God 英语:上帝。

〔5〕 象牙之塔 原是法国十九世纪文艺评论家圣佩韦(C. A. Saqinte Beuve,1804—1869)批评同时代消极浪漫主义诗人维尼的用语,后来用以比喻脱离现实生活的文艺家的小天地。

〔6〕 指新月社的一些人。梁实秋在1926年3月27日《晨报副刊》发表的《现代中国文学之浪漫的趋势》中说:"近年来新诗中产出了一个'人力车夫派'。这一派是专门为人力车夫抱不平,以为神圣的人力车夫被经济制度压迫过甚,……其实人力车夫……既没有什么可怜恤的,更没有什么可赞美。"

〔7〕 指汉姆生(K. Hamsun,1859—1952),又译哈谟生,挪威小说家。曾两度流落美国,生活在社会底层,当过水手和木工。"写了一本书"指汉姆生著长篇小说《饥饿》。他还著有长篇小说《老爷》、《大地的生长物》等。获1920年诺贝尔文学奖。

〔8〕 托尔斯泰 即列夫·托尔斯泰(Л. Н. Толстой,1828—1910),俄国作家。出身于贵族地主家庭。他的作品无情地揭露沙皇制度和资本主义势力的种种罪恶,同时又宣扬道德的自我完善和"不用暴力抵抗邪恶"。著有长篇小说《战争与和平》、《安娜·卡列尼娜》、《复活》等。《战争与和平》是他以1812年拿破仑入侵俄国为题材的长篇小说,写于1863年至1869年。

〔9〕 衣萍 即章衣萍(1900—1946),名鸿熙,字衣萍,安徽绩溪人。是《语丝》撰稿人之一。

〔10〕 指吴稚晖(1865—1953),名敬恒,江苏武进人。曾任国民党中央监察委员、中央政治会议委员。

〔11〕 陈炯明(1875—1933) 字竞存,广东海丰人,广东军阀。1917年任广东省长兼粤军总司令。1922年企图谋害孙中山发动武装叛乱,被击败后退守东江。1925年所部被广东革命军消灭。鲁迅的学生李秉中等曾参加讨伐陈炯明的战争。鲁迅在1926年6月17日致李秉中信中说:"这一年来,不闻消息,我可是历来没有忘记,但常有两种推测,一是在东江负伤或战死了,一是你已经变了一个武人,不再写字,因为去年你从梅县给我的信,内中已很有几个空白及没有写全的字了。"

〔12〕 革命的势力到了徐州 国民党发动"清党"反共之后仍以"北伐革命"为旗帜,1927年12月16日何应钦指挥的第一路军占领徐州,山东军阀张宗昌溃退。

〔13〕 孙传芳(1885—1935) 字馨远,山东历城人,北洋直系军

阀。1925年盘踞东南五省,自任五省联军总司令。1926年冬,其主力在江西南昌、九江一带被北伐军击溃。

〔14〕 叶遂宁(С. А. Есенин,1895—1925) 通译叶赛宁,苏联诗人。他以描写宗法制度下田园生活的抒情诗著称。十月革命时曾向往革命,写过一些赞美革命的诗,如《天上的鼓手》等。但革命后陷入苦闷,最后自杀。著有长诗《四旬祭》、《苏维埃俄罗斯》等。梭波里(А. Соболь,1888—1926),苏联作家。十月革命后曾接近革命,但终因不满于现实生活而自杀。著有长篇小说《尘土》,短篇小说集《樱桃开花的时候》。

一九二九年

关于《关于红笑》[1]

今天收到四月十八日的《华北日报》[2],副刊上有鹤西先生的半篇《关于红笑》的文章[3]。《关于红笑》,我是有些注意的,因为自己曾经译过几页,那豫告,就登在初版的《域外小说集》[4]上,但后来没有译完,所以也没有出版。不过也许是有些旧相识之故罢,至今有谁讲到这本书,大抵总还喜欢看一看。可是看完这《关于红笑》,却令我大觉稀奇了,也不能不说几句话。为要头绪分明,先将原文转载些在下面——

"昨天到蹇君家去,看见第二十卷第一号的《小说月报》,上边有梅川君译的《红笑》,这部书,因为我和骏祥也译过,所以禁不住要翻开看看,并且还想来说几句关于《红笑》的话。

"自然,我不是要说梅川君不该译《红笑》,没有这样的理由也没有这样的权力。不过我对于梅川君的译文有一点怀疑的地方,固然一个人原不该随便地怀疑别个,但世上偏就是这点奇怪,尽有是让人意想不到的事情。不过也许我底过虑是错的,而且在梅川君看来也是意想不到的事,那么,这错处就在我,而这篇文字也就只算辩明

关于《关于红笑》

我自己没有抄袭别人。现在我先讲讲事实的经过。

"《红笑》,是我和骏祥,在去年暑假中一个多星期内赶完的,……赶完之后就给北新寄去。过了许久才接到小峰君十一月七日的信,说是因系两人所译,前后文不连贯,托石民君校阅,又说稿费在月底准可寄来。以后我一连写了几封信去催问,均未得到回信,……所以年假中就将底稿寻出,又改译了一遍。文气是重新顺了一遍(特别是后半部),错误及不妥的地方一共改了几十处,交岐山书局印行。稿子才交出不久,却接到小峰二月十九日的信,钱是寄来了,虽然被抹去一点零头,因为稿子并未退回,所以支票我也暂时存着,没有退去,以后小峰君又来信说,原书,译稿都可退还,叫我将支票交给袁家骅先生。我回信说已照办,并请将稿子退了回来。但如今,书和稿子,始终还没有见面!

"这初次的译稿,我不敢一定说梅川君曾经见过,虽然我想梅川君有见到的可能。自然梅川君不一定会用我们底译文作蓝本来翻译,但是第一部的译文,句法神情都很相似的这一点,不免使我有一点怀疑。因为原来我们底初译是第一部比第二部流畅得多,同时梅川君的译文也是第一部比第二部好些,而彼此神似的又就是这九个断片。在未有更确切的证明时,我也不愿将抄袭这样的字眼,加于别人底头上,但我很希望对这点,梅川君能高兴给一个答复。假如一切真是我想错了呢,前边已经说过,这些话就作为我们就要出版的单行本并非抄袭的证明。"

文词虽然极婉委曲折之致,但主旨却很简单的,就是:我们的将出版的译本和你的已出版的译本,很相类似,而我曾将译稿寄给北新书局过,你有见到的可能,所以我疑心是你抄袭我们的,假如不然,那么"这些话就作为我们就要出版的单行本并非抄袭的证明"。

其实是,照原文的论法,则假如不然之后,就要成为"我们抄袭"你的了的,然而竟这么一来,化为神妙的"证明"了。但我并不想研究这些,仅要声明几句话,对于两方面——北新书局,尤其是小说月报社[5]——声明几句话,因为这篇译稿,是由我送到小说月报社去的。

梅川[6]君这部译稿,也是去年暑假时候交给我的,要我介绍出售,但我很怕做中人,就压下了。这样压着的稿件,现在还不少。直到十月,小说月报社拟出增刊,要我寄稿,我才记得起来,据日本二叶亭四迷[7]的译本改了二三十处,和我译的《竖琴》[8]一并送去了。另外有一部《红笑》在北新书局吃苦,我是一点都不知道的。至于梅川,他在离上海七八百里的乡下,那当然更不知道。

那么,他可有鹤西先生的译稿一到北新,便立刻去看的"可能"呢?我想,是不"能"的,因为他和北新中人一个不认识,倘跑进北新编辑部去翻稿件,那罪状是不止"抄袭"而已的。我却是"可能"的,不过我从去年春天以后,一趟也没有去过编辑部,这要请北新诸公谅察。

那么,为什么两本的好处有些相像呢?我虽然没有见过那一译本,也不知所据的是谁的英译,但想来,大约所据的是同一英译,而第二部也比第一部容易译,彼此三位的英文程度又相仿佛,所以去年是相像的,而鹤西先生们的译本至今未出,英文程度也大有进步了,改了一回,于是好处就多起来了。

因为鹤西先生的译本至今未出,所以也无从知道类似之度,究竟如何。倘仅有彼此神似之处,我以为那是因为同一原书的译本,并不足异的,正不必如此神经过敏,只因"疑心",而竟想入非非,根据"世上偏就是这点奇怪,尽有是让人意想不到的事情"的理由,而先发制人,诬别人为"抄袭",而且还要被诬者"给一个答复",这真是"世上偏就是这点奇怪"了。

但倘若很是相同呢?则只要证明了梅川并无看见鹤西先生们的译稿的"可能"以后,即不用"世上偏就是这点奇怪"的论法,嫌疑也总要在后出这一本了。

北平的日报,我不寄去,梅川是决不会看见的。我就先说几句,俟印出时一并寄去。大约这也就够了,阿弥陀佛。

四月二十日。

写了上面这些话之后,又陆续看到《华北日报》副刊上《关于红笑》的文章,其中举了许多不通和误译之后,以这样的一段作结:

"此外或者还有些,但我想我们或许总要比梅川君错得少点,而且也较为通顺,好在是不是,我们底译稿不久自可以证明。"

那就是我先前的话都多说了。因为鹤西先生已在自己切实证明了他和梅川的两本之不同。他的较好,而"抄袭"都成了"不通"和错误的较坏,岂非奇谈?倘说是改掉的,那就是并非"抄袭"了。倘说鹤西译本原也是这样地"不通"和错误的,那不是许多刻薄话,都是"今日之我"在打"昨日之我"的嘴巴么?总之,一篇《关于红笑》的大文,只证明了焦躁的自己广告和参看先出译本,加以修正,而反诬别人为"抄袭"的苦心。这种手段,是中国翻译界的第一次。

四月二十四日,补记。

这一篇还未在《语丝》登出,就收到小说月报社的一封信,里面是剪下的《华北日报》副刊,就是那一篇鹤西先生的《关于红笑》。据说是北平寄来,给编辑先生的。我想,这大约就是作者所玩的把戏。倘使真的,盖未免恶辣一点;同一著作有几种译本,又何必如此惶惶上诉。但一面说别人不通,自己却通,别人错多,自己错少。而一面又要证明别人抄袭自己之作,则未免恶辣得可怜可笑。然而在我,乃又颇叹绍介译作之难于今为甚也。为刷清和报答起见,我确信我也有将这篇送给《小说月报》编辑先生,要求再在本书上发表的义务和权利,于是乎亦寄之。

五月八日。

* * *

〔1〕 本篇最初发表于1929年4月29日《语丝》周刊第五卷第八期,后印入梅川所译《红的笑》一书,最后一节是印入该书时所加。

关于《关于红笑》

《红笑》,即《红的笑》,俄国安德烈耶夫的中篇小说。梅川的译本初载于1929年1月10日《小说月报》第二十卷第一号,后于1930年7月由商务印书馆出版。

〔2〕 《华北日报》 国民党在华北地区的机关报。1929年1月1日在北平创刊,1937年7月芦沟桥事变后停刊。1945年8月复刊,1949年北平解放后查封。

〔3〕 鹤西 即程侃声(1907—1999),湖北安陆人,当时在《小说月报》上发表过一些诗作。他的《关于红笑》一文连载于1929年4月15日、17日、19日《华北日报》副刊。

〔4〕 《域外小说集》 鲁迅和周作人在日本留学期间用文言翻译的外国短篇小说选集。1909年3月、7月先后出版两册,共收十六篇,由日本东京神田印刷所印行。

〔5〕 《小说月报》 1910年(清宣统二年)7月创刊于上海,商务印书馆出版。最初由恽铁樵主编,1918年起,改由王蕴章(西神)主编,成为礼拜六派主要刊物之一。1921年第十二卷第一期起,由沈雁冰主编,内容大加改革,成为文学研究会的主要刊物。1923年第十四卷第一期起改由郑振铎、叶圣陶先后主编。1931年12月出至第二十二卷第十二期停刊。

〔6〕 梅川 即王方仁(1905—1946),浙江镇海人。鲁迅在厦门大学、广州中山大学任教时的学生,"朝花社"成员。

〔7〕 二叶亭四迷(1864—1909) 原名长谷川辰之助,日本作家、翻译家。著有长篇小说《浮云》、《面影》等。翻译过屠格涅夫、果戈理等俄国作家的作品。

〔8〕 《竖琴》 苏联作家理定(В. Г. Лидин)的短篇小说。鲁迅的译文刊载于1929年1月《小说月报》第二十卷第一号。

通　　讯[1]（复张逢汉）

逢汉先生：

接到来信，我们很感谢先生的好意。

大约凡是译本，倘不标明"并无删节"或"正确的翻译"，或鼎鼎大名的专家所译的，欧美的本子也每不免有些节略或差异。译诗就更其难，因为要顾全音调和协韵，就总要加添或减去些原有的文字。世界语译本大约也如此，倘若译出来的还是诗的格式而非散文。但我们因为想介绍些名家所不屑道的东欧和北欧文学，而又少懂得原文的人，所以暂时只能用重译本，尤其是巴尔干诸小国的作品。原来的意思，实在不过是聊胜于无，且给读书界知道一点所谓文学家，世界上并不止几个受奖的泰戈尔[2]和漂亮的曼殊斐儿[3]之类。但倘有能从原文直接译出的稿子见寄，或加以指正，我们自然是十分愿意领受的。

这里有一件事很抱歉，就是我们所交易的印刷所里没有俄国字母，所以来信中的原文，只得省略，仅能将译文发出，以供读者的参考了。希见谅为幸。

　　　　　　　　　　鲁迅。六月二十五日，于上海。

【备考】：

关于孙用[4]先生的几首译诗

编者先生：

我从均风兄处借来《奔流》第九期一册，看见孙用先生自世界语译的莱芒托夫几首诗，我发觉有些处与原本不合。孙先生是由世界语转译的，想必经手许多，有几次是失掉了原文的精彩的。孙先生第一首译诗《帆》，原文是：

（原文从略——编者。）

按着我的意思应当译为（曾刊登于《语丝》第五卷第三期）：

孤独发白的船帆，
在云雾中蔚蓝色的大海里……
他到很远的境域去寻找些什么？
他在故土里留弃着什么？

波涛汹涌，微风吼啸，
船桅杆怒愤着而发着噶吱吱的音调……
喂！他不寻找幸福，
也不是从幸福中走逃！

他底下是一行发亮光的苍色水流，

他顶上是太阳的金色的光芒；
可是他，反叛的，希求着巨风，
好像在巨风中有什么安宁！

第二首《天使》，孙先生译的有几处和我译的不同。（原文从略——编者。）我是这样的译：

夜半天使沿着天空飞翔，
寂静的歌曲他唱着；
月，星，和乌云一起很用心听那神的歌曲。

他歌着在天堂花园里树叶子的底上那无罪
灵魂的幸福，
他歌咏着伟大的上帝，
真实的赞美着他。

他抱拢了年青们的心灵，
为的是这悲苦和泪的世界；
歌曲的声音，留在青年人的灵魂里是——
没有只字，但却是活着。

为无边的奇怪的希望，
在这心灵，长久的于世界上不得安静，
人间苦闷的乐曲，

是不能够代替天上的歌声。

其余孙先生所译两首《我出来》和《三棵棕榈树》,可惜原本现时不在我手里。以后有工夫时可向俄国朋友处借看。我对孙先生的译诗,并不是来改正,乃本着真挚的心情,随便谈谈,请孙先生原谅!此请
撰安。

张逢汉。一九二九,五,七,于哈尔滨灿星社。

* * *

〔1〕 本篇最初发表于1929年7月20日《奔流》月刊第二卷第三期。

〔2〕 泰戈尔(R. Tagore,1861—1941) 印度诗人。著有《新月集》、《园丁集》等。他的诗集《吉檀迦利》获得1913年度的诺贝尔文学奖金。

〔3〕 曼殊斐儿(K. Mansfield,1888—1923) 通译曼斯菲尔德,英国女作家。著有《幸福》、《鸽巢》等中短篇小说集。徐志摩在《小说月报》第十四卷第五号(1923年5月)发表的《曼殊斐儿》一文中,以轻佻的笔调和许多譬喻描写曼殊斐儿的身态,又用许多艳丽的词句形容她的衣饰。

〔4〕 孙用(1902—1983) 原名卜成中,浙江杭州人,翻译家。时在杭州邮局任职员,业余从事文学作品的翻译工作。

一九三二年

《淑姿的信》序[1]

　　夫嘉葩失荫,薄寒夺其芳菲,思士陵天,骄阳毁其羽翮[2]。盖幽居一出,每仓皇于太空,坐驰[3]无穷,终陨颠于实有也。爰有静女[4],长自山家,林泉陶其慧心,峰嶂隔兹尘俗,夜看朗月,觉天人之必圆,春撷繁花,谓芳馨之永住。虽生旧第,亦溅新流,既茁爱萌,遂通佳讯,排微波而径逝,矢坚石以偕行,向曼远之将来,构辉煌之好梦。然而年华春短,人海澜翻。远瞩所至,始见来日之大难,修眉渐颦,终敛当年之巧笑,衔深哀于不答,铸孤愤以成辞,远人焉居,长涂难即。何期忽逢二竖[5],遽释诸纷,闵绮颜于一棺,腐芳心于抔土。从此西楼良夜,凭槛无人,而中国韶年,乐生依旧。呜呼,亦可悲矣,不能久也。逝者如是,遗简廑存,则有生人[6],付之活字。文无雕饰,呈天真之纷纶,事具悲欢,露人生之鳞爪,既骦娱以善始,遂凄恻而令终。诚足以分追悼于有情,散馀悲于无著者也。属为小引,愧乏长才,率缀芜词,聊陈涯略云尔。

　　　　　　　　一九三二年七月二十日,鲁迅撰。

* * *

〔1〕 本篇最初以手迹制版印入金淑姿的《信》一书。该书于1932年以新造社名义印行,称"《断虹室丛书》第一种"。

淑姿　金淑姿(1908—1931),浙江金华人。

〔2〕 陵天毁羽翮的故事,出于希腊神话:伊卡洛斯和他的父亲巧匠德达拉斯用蜡粘着翅膀从空中逃离克里村岛,他未听从父亲的警告,飞近太阳,蜡被融化,坠落海中而死。思士,见《山海经·大荒东经》:"有司幽之国,帝俊生晏龙,晏龙生司幽,司幽生思士不妻,思女不夫。"

〔3〕 坐驰　静坐幻想的意思。《庄子·人间世》:"瞻彼阕者,虚室生白,吉祥止止,夫且不止,是之谓坐驰。"

〔4〕 静女　指娴静美丽的女子,见《诗经·邶风·静女》:"静女其姝"。

〔5〕 二竖　指病魔,引申为难治的病。《左传》成公十年:"(晋景)公梦疾为二竖子曰:'彼良医也,惧伤我,焉逃之?'其一曰:'居肓之上,膏之下,若我何?'"

〔6〕 生人　指程鼎兴(约1904—约1933),浙江金华人,金淑姿的丈夫。时为北新书局校对员。金死后他整理其遗书出版,并托同事费慎祥请鲁迅写序。

一九三三年

选　本[1]

今年秋天，在上海的日报上有一点可以算是关于文学的小小的辩论，就是为了一般的青年，应否去看《庄子》与《文选》[2]以作文学上的修养之助。不过这类的辩论，照例是不会有结果的，往复几回之后，有一面一定拉出"动机论"[3]来，不是说反对者"别有用心"，便是"哗众取宠"；客气一点，也就"彼亦一是非，此亦一是非"，而问题于是呜呼哀哉了。

但我因此又想到"选本"的势力。孔子究竟删过《诗》[4]没有，我不能确说，但看它先"风"后"雅"而末"颂"，排得这么整齐，恐怕至少总也费过乐师的手脚，是中国现存的最古的诗选。由周至汉，社会情形太不同了，中间又受了《楚辞》[5]的打击，晋宋文人如二陆束晳陶潜[6]之流，虽然也做四言诗以支持场面，其实都不过是每句省去一字的五言诗，"王者之迹熄而《诗》亡"了。不过选者总是层出不穷的，至今尚存，影响也最广大者，我以为一部是《世说新语》[7]，一部就是《文选》。

《世说新语》并没有说明是选的，好像刘义庆或他的门客所搜集，但检唐宋类书中所存裴启《语林》[8]的遗文，往往和

《世说新语》相同，可见它也是一部抄撮故书之作，正和《幽明录》[9]一样。它的被清代学者所宝重，自然因为注中多有现今的逸书[10]，但在一般读者，却还是为了本文，自唐迄今，拟作者不绝，甚至于自己兼加注解。[11] 袁宏道[12]在野时要做官，做了官又大叫苦，便是中了这书的毒，误明为晋的缘故。有些清朝人却较为聪明，虽然薙发胡服，厚禄高官，他也一声不响，只在倩人写照的时候，在纸上改作斜领方巾，或芒鞋竹笠，聊过"世说"式瘾罢了。

《文选》的影响却更大。从曹宪至李善加五臣[13]，音训注释书类之多，远非拟《世说新语》可比。那些烦难字面，如草头诸字，水旁山旁诸字，不断的被摘进历代的文章里面去，五四运动时虽受奚落，得"妖孽"[14]之称，现在却又很有复辟的趋势了。而《古文观止》[15]也一同渐渐的露了脸。

以《古文观止》和《文选》并称，初看好像是可笑的，但是，在文学上的影响，两者却一样的不可轻视。凡选本，往往能比所选各家的全集或选家自己的文集更流行，更有作用。册数不多，而包罗诸作，固然也是一种原因，但还在近则由选者的名位，远则凭古人之威灵，读者想从一个有名的选家，窥见许多有名作家的作品。所以自汉至梁的作家的文集，并残本也仅存十余家，《昭明太子集》[16]只剩一点辑本了，而《文选》却在的。读《古文辞类纂》者多，读《惜抱轩全集》的却少[17]。凡是对于文术，自有主张的作家，他所赖以发表和流布自己的主张的手段，倒并不在作文心，文则，诗品，诗话，而在出选本。

集　外　集

　　选本可以借古人的文章，寓自己的意见。博览群籍，采其合于自己意见的为一集，一法也，如《文选》是。择取一书，删其不合于自己意见的为一新书，又一法也，如《唐人万首绝句选》[18]是。如此，则读者虽读古人书，却得了选者之意，意见也就逐渐和选者接近，终于"就范"了。

　　读者的读选本，自以为是由此得了古人文笔的精华的，殊不知却被选者缩小了眼界。即以《文选》为例罢，没有嵇康《家诫》[19]，使读者只觉得他是一个愤世嫉俗，好像无端活得不快活的怪人；不收陶潜《闲情赋》[20]，掩去了他也是一个既取民间《子夜歌》[21]意，而又拒以圣道的迂士。选本既经选者所滤过，就总只能吃他所给与的糟或醨。况且有时还加以批评，提醒了他之以为然，而默杀了他之以为不然处。纵使选者非常胡涂，如《儒林外史》所写的马二先生[22]，游西湖漫无准备，须问路人，吃点心又不知选择，要每样都买一点，由此可见其衡文之毫无把握罢，然而他是处州人，一定要吃"处片"，又可见虽是马二先生，也自有其"处片"式的标准了。

　　评选的本子，影响于后来的文章的力量是不小的，恐怕还远在名家的专集之上。我想，这许是研究中国文学史的人们也该留意的罢。

　　　　　　　　　　　　　　　十一月二十四日记。

＊　　＊　　＊　　＊

　　〔1〕　本篇最初发表于1934年1月北平《文学季刊》创刊号，署名唐俟。现据鲁迅重抄稿校订。

〔2〕《庄子》 亦称《南华经》,战国时庄周及其后学的著作集,现存三十三篇。《文选》,南朝梁昭明太子萧统编选的先秦至齐梁的诗文总集,三十卷。唐代李善为之作注,分为六十卷。关于"《庄子》与《文选》"的争论,参看《准风月谈》的《重三感旧》、《"感旧"以后》等篇。

〔3〕"动机论" 施蛰存在1933年10月20日《申报·自由谈》发表的《致黎烈文先生书——兼示丰之余先生》一文中说:"对于这《'庄子'与'文选'》的问题我没有要说的话了。我曾经在《自由谈》的壁上,看过几次的文字争,觉得每次总是愈争愈闹意气,而离本题愈远,甚至到后来有些参加者的动机都是可以怀疑的,我不想使自己不由自主地被卷入漩涡,所以我不再说什么话了。昨晚套了一个现成的偈语:'此亦一是非,彼亦一是非,唯无是非观,庶几免是非'。""彼亦一是非,此亦一是非",语出《庄子·齐物论》:"是亦彼也,彼亦是也。彼亦一是非,此亦一是非。"

〔4〕《诗》 即《诗经》,我国最早的诗歌总集,编成于春秋时代,大抵是周初到春秋中期的作品,相传曾经过孔丘删订。共收三〇五篇,分风、雅、颂三部分。"风"是各地方的乐歌;"雅"是王畿的乐歌;"颂"是宗庙祭祀时的乐歌。

〔5〕《楚辞》 战国时楚(今湖南、湖北等地)人的辞赋总集。其名最初见于《史记·张汤传》。后来汉代刘向辑录屈原、宋玉等人的作品成书,名为《楚辞》。宋代黄伯思《东观馀论·翼骚序》:"屈宋诸骚,皆书楚语,作楚声,纪楚地,名楚物,故可谓之楚辞。"鲁迅在《汉文学史纲要》中说:《楚辞》"其言甚长,其思甚幻,其文甚丽,其旨甚明,凭心而言,不遵矩度。……然其影响于后来之文章,乃甚或在三百篇以上。"

〔6〕二陆 指晋代文学家陆机、陆云兄弟。陆机(261—303),字士衡,吴郡华亭(今上海市松江)人。所作四言诗有《短歌行》、《秋胡

行》等十二首。陆云（262—303），字士龙，所作四言诗有《赠顾骠骑》、《赠顾彦先》等二十四首。束晳（约261—约300），字广微，阳平元城（今河北大名）人，晋代文学家。所作四言诗有《补亡诗》六首。陶潜（372？—427），又名渊明，字元亮，浔阳柴桑（今江西九江）人，晋代诗人。所作四言诗有《停云》、《时运》等九首。

〔7〕 《世说新语》 南朝宋刘义庆编撰，三卷，分德行、言语、政事、文学等三十六门，主要记载汉末到东晋间文人学士的言谈轶事。刘义庆（403—444），彭城（今江苏徐州）人。宋武帝刘裕姪，袭封临川王。《宋书·刘道规传》说他"为性简素，寡嗜欲，爱好文义……招聚文学之士，近远必至。"

〔8〕 裴启 又名裴荣，字荣期，东晋河东（今山西永济）人。所著《语林》，十卷，记汉魏两晋高士名流的言谈轶事，《世说新语》颇多取材于此书。原书已佚，遗文散见《艺文类聚》、《太平御览》、《太平广记》等唐宋类书中，清代马国翰有辑本二卷，收入《玉函山房辑佚书》；鲁迅亦有辑本，收入《古小说钩沉》。

〔9〕 《幽明录》 刘义庆编撰，三十卷。内容多记鬼怪灵异故事。原书于唐宋间佚亡，遗文在类书中保留二百余则。鲁迅有辑本，收入《古小说钩沉》。

〔10〕 南朝梁刘孝标为《世说新语》作的注释，引用古籍有四百多种，这些书的原本多已失传。

〔11〕 后人模拟《世说新语》体裁的书很多，如唐代王方庆的《续世说新语》（今佚），宋代王谠的《唐语林》、孔平仲的《续世说》，明代何良俊的《何氏语林》、李绍文的《明世说新语》，清代李清的《女世说》、王晫的《今世说》，近代易宗夔的《新世说》等。其中《今世说》、《新世说》等，都有作者自加的注解。

〔12〕 袁宏道(1568—1610) 字中郎,湖广公安(今属湖北)人,明代文学家。万历时进士。他在做官之前曾说:"少时望官如望仙,朝冰暮热,想不知有无限光景"(《与李本健书》)。万历二十二年(1594)任吴县知县后却又说"官实能害我性命"(《与黄绮石书》),"作吴令无复人理,几不知有昏朝寒暑矣"(《寄沈博士书》),并于一年后辞去官职。

〔13〕 曹宪 隋唐时扬州江都(今属江苏扬州)人,仕隋为秘书学士,唐太宗贞观年间拜朝散大夫。精通文字学。《旧唐书·曹宪传》说:"(宪)所撰《文选音义》,甚为当时所重。初,江淮间为文选学者,本之于宪;又有许淹、李善、公孙罗复相继以《文选》教授,由是其学大兴于代。"李善(约630—689),唐代扬州江都人。从曹宪受文选学,显庆三年(658)撰成《文选》注释。开元六年(718)吕延祚又辑集吕延济、刘良、张诜、吕向、李周翰五人所作的注释为"五臣注";宋人又把它和李善的注释合刻,称"六臣注"。后代学者关于《文选》的音义、考异、集释、旁证等著作甚多。

〔14〕 "妖孽" 1917年7月《新青年》第三卷第五号"通讯"栏钱玄同给陈独秀的信中说:"惟选学妖孽所尊崇之六朝文,桐城谬种所尊崇之唐宋文,则实在不必选读。"此后,"选学妖孽桐城谬种"便成为当时反对旧文学的流行用语。

〔15〕 《古文观止》 清代康熙年间吴楚材、吴调侯编选的古文读本,十二卷。收入先秦至明代的散文二二二篇。

〔16〕 《昭明太子集》 南朝梁萧统(谥昭明)的文集,原本二十卷,久已散佚,今存明代叶绍泰辑刊的六卷本,系由类书掇拾而成。又另有明刊五卷本一种。

〔17〕 《古文辞类纂》 清代姚鼐编选,共七十五卷,选录战国至

清代的古文辞赋,依文体分为十三类。《惜抱轩全集》,姚鼐的著作集,共八十八卷。

〔18〕《唐人万首绝句选》 清代王士禛编选,七卷。王士禛论诗推崇盛唐,提倡"神韵"之说,这个选本是他从宋代洪迈所编《万首唐人绝句》中选取能表现"神韵"特色的八九五首而编成的。

〔19〕 嵇康(223—262) 字叔夜,谯国铚(今安徽宿县)人,三国魏诗人。他的著作现存《嵇康集》十卷,有鲁迅校本。《家诫》是用明哲保身思想训诫儿子的一篇文章,见《嵇康集》卷十。

〔20〕《闲情赋》 内容抒写对一位女子的眷恋。见《靖节先生集》卷五。

〔21〕《子夜歌》 乐府"吴声歌曲"之一,为民间男女赠答的情诗。《晋书·乐志(下)》:"《子夜歌》者,女子名子夜造此声。"

〔22〕《儒林外史》 长篇小说,清代吴敬梓著。马二先生是书中的八股文选家。他游西湖吃处片的情节,见该书第十四回。"处片",即处州(今浙江丽水)出产的酱笋干片。

诗

一九一二年

哭范爱农[1]

把酒论天下,先生小酒人。
大圜犹酩酊,微醉合沉沦。[2]
幽谷无穷夜,新宫自在春。[3]
旧朋云散尽,余亦等轻尘。

* * *

〔1〕 本篇最初发表于1912年8月21日绍兴《民兴日报》,署名黄棘。这是《哀范君三章》的最后一首。其中第三联因作者忘却,在本书编集时补作,故与原发表时稍有出入。参看《朝花夕拾·范爱农》及《集外集拾遗·哀范君三章》。

范爱农(1883—1912) 名肇基,字斯年,号爱农,浙江绍兴人。光复会会员,在日本留学时与鲁迅相识。1911年鲁迅任山会初级师范学堂(后改称绍兴师范学校)监督时,他任学监。鲁迅离职后,他被守旧势力排挤出校,1912年7月10日落水身亡。

〔2〕 大圜 即天。《吕氏春秋·序意》:"爰有大圜在上,大矩在下。"

〔3〕 新宫 当时袁世凯的总统府在北京新华宫。

一九三一年

送 O. E. 君携兰归国[1]

椒焚桂折佳人老,独托幽岩展素心。
岂惜芳馨遗远者,故乡如醉有荆榛。

二月十二日

* * *

〔1〕 本篇最初发表于1931年8月10日《文艺新闻》第二十二号,与《无题》("大野多钩棘")、《湘灵歌》同在《鲁迅氏的悲愤——以旧诗寄怀》的短讯中刊出。鲁迅1931年2月12日日记:"日本京华堂主人小原荣次郎君买兰将东归,为赋一绝句,书以赠之。"

O. E. 即小原荣次郎日语读音的罗马字拼音(Obara Eijiro)的缩写。他曾于1905年来华经商,当时在东京开设京华堂,经营中国文玩和兰草。

无　　题[1]

大野多钩棘,长天列战云。
几家春袅袅,万籁静愔愔。
下土惟秦醉,中流辍越吟。[2]
风波一浩荡,花树已萧森。

　　　　　　　　　　　　　三月

＊　　　＊　　　＊

〔1〕　本篇最初发表于1931年8月10日《文艺新闻》第二十二号。参看本书第138页注〔1〕。据鲁迅1931年3月5日日记,本诗是书赠日本友人片山松藻(内山嘉吉夫人)的。作者后于1932年11月24日曾将此诗书赠君瑄女士,诗中"已"作"乃"。

〔2〕　秦醉　汉代张衡《西京赋》:"昔者大帝说(悦)秦穆公而觏之,飨以钧天广乐,帝有醉焉。乃为金策,锡(赐)用此土,而剪诸鹑首。"按鹑首,星次名,我国古代将星宿分为十二次,配属于各国,鹑首指秦国疆土。越吟,《史记·张仪列传》:"陈轸适至秦,秦惠王曰:'子去寡人之楚,亦思寡人不?'陈轸对曰:'王闻夫越人庄舄乎?'王曰:'不闻。'曰:'越人庄舄仕楚执珪,有顷而病。楚王曰:舄故越之鄙细人也,今仕楚执珪,贵富矣,亦思越不?'中谢对曰:凡人之思故,在其病也。彼思越则越声,不思越则楚声。'使人往听之,犹尚越声也。今臣虽弃逐之楚,岂能无秦声哉。'"王粲《登楼赋》:"钟仪幽而楚奏兮,庄舄显而越吟;人情同于怀土兮,岂穷达而异心。"

赠日本歌人[1]

春江好景依然在,远国征人此际行。[2]
莫向遥天望歌舞,西游演了是封神。[3]

三月

* * *

〔1〕 本篇曾见录于1934年7月20日《人间世》半月刊第八期高疆《今人诗话》一文。据鲁迅1931年3月5日日记,本诗是书赠升屋治三郎的。原诗所写的条幅上题"辛未三月送升屋治三郎兄东归"。诗中"远"原作"海","望"作"忆"。

升屋治三郎(1894—1974),日本歌人兼京剧评论家,日本中国剧研究会会员。

〔2〕 春江 指春申江,上海市境内黄浦江的别称。相传战国时楚春申君黄歇疏凿此江而得名。

〔3〕 西游,即《西游记》;封神,即《封神演义》。当时上海演出的两部取材于同名小说的连台本京戏。

湘 灵 歌[1]

昔闻湘水碧如染,今闻湘水胭脂痕。
湘灵妆成照湘水,皎如皓月窥彤云。
高丘寂寞竦中夜,芳荃零落无馀春。[2]
鼓完瑶瑟人不闻,太平成象盈秋门。[3]

三月

* * *

〔1〕 本篇最初发表于1931年8月10日《文艺新闻》第二十二号,题为《送S.M.》。参看本书第138页注〔1〕。据鲁迅1931年3月5日日记,本诗是书赠日本友人松元三郎的。诗中"如染"原作"于染","妆成"原作"装成","皎如皓月"作"皓如素月","零落"作"苓落"。

湘灵,湘水之神。《楚辞·远游》:"使湘灵鼓瑟兮,令海若舞冯夷。"《后汉书·马融传》唐代李贤注:"湘灵,舜妃,溺于湘水,为湘夫人也。"

〔2〕 高丘 楚国山名。《楚辞·离骚》:"忽反顾以流涕兮,哀高丘之无女。"

〔3〕 太平成象 从"太平无象"变化而来。《资治通鉴》唐文宗太和六年:"上御延英,谓宰相曰:'天下何时当太平,卿等亦有意于此乎!'僧孺对曰:'太平无象,今四夷不至交侵,百姓不至流散,虽非至理,亦谓小康,陛下若别求太平,非臣等所及。'"秋门,唐代李贺《自昌谷到洛后门》:"九月大野白,苍岑竦秋门。"明代曾益注:"《洛阳故宫纪》云:洛阳有宜秋门千秋门。"洛阳是唐朝的东都,这里借指南京。

一九三二年

自　　嘲[1]

运交华盖欲何求,未敢翻身已碰头。[2]
破帽遮颜过闹市,漏船载酒泛中流。
横眉冷对千夫指,俯首甘为孺子牛。[3]
躲进小楼成一统,管它冬夏与春秋。

　　　　　　　　　　　十月十二日

* 　 * 　 * 　 *

〔1〕　本篇在收入本书前未在报刊上发表过。鲁迅 1932 年 10 月 12 日日记:"午后为柳亚子书一条幅,云:'运交华盖欲何求,……达夫赏饭,闲人打油,偷得半联,凑成一律以请'云云。"诗中"破帽"原作"旧帽","漏船"作"破船","管它"作"管他"。作者于同年 12 月 21 日,曾将此诗书扇面赠日本僧人杉本勇乘。

〔2〕　华盖　指"华盖运"。作者在《华盖集·题记》中说:"这运,在和尚是好运:顶有华盖,自然是成佛作祖之兆。但俗人可不行,华盖在上,就要给罩住了,只好碰钉子。"

〔3〕　千夫指　《汉书·王嘉传》:"里谚曰:'千人所指,无病而死。'"孺子牛,《左传》哀公六年:"鲍子曰,女忘君之为孺子牛而折其齿

乎？而背之也！"晋代杜预注："孺子，荼也。景公尝衔绳为牛，使荼牵之。荼顿地，故折其齿。"清代洪亮吉《北江诗话》卷一："同里钱秀才季重，工小词。然饮酒使气，有不可一世之概。有三子，溺爱过甚，不令就塾。饭后即引与嬉戏，惟恐不当其意。尝记其柱帖云'酒酣或化庄生蝶，饭饱甘为孺子牛'。真狂士也。"条幅所说"偷得半联"，指此。

无　　题[1]

洞庭木落楚天高,眉黛猩红浣战袍。[2]
泽畔有人吟不得,秋波渺渺失离骚。[3]

十二月

* * *

〔1〕 本篇在收入本书前未在报刊上发表过。据鲁迅1932年12月31日日记,本诗是书赠郁达夫的;诗中"木落"原作"浩荡","猩红"作"心红","吟不得"作"吟亦险"。

〔2〕 洞庭木落　《楚辞·九歌·湘夫人》:"嫋嫋兮秋风,洞庭波兮木叶下。"

〔3〕 泽畔　湖边。《楚辞·渔父》:"屈原既放,游于江潭,行吟泽畔。"离骚,屈原被放逐后所作的长诗。

一九三三年

二十二年元旦[1]

云封高岫护将军,霆击寒村灭下民。
到底不如租界好,打牌声里又新春。

一月二十六日

* * *

〔1〕 本篇在收入本书前未在报刊上发表过。鲁迅1933年1月26日日记:"又戏为邬其山生书一笺……已而毁之,别录以寄静农。改胜境为高岫,落为击,戮为灭也。"诗中"到底"原作"依旧"。邬其山,即内山完造;静农,即台静农。按1933年1月26日为夏历癸酉年(民国二十二年)元旦。

题《彷徨》[1]

寂寞新文苑,平安旧战场。
两间馀一卒,荷戟独彷徨。

三月

* * *

〔1〕 本篇曾见录于1934年7月20日《人间世》半月刊第八期高疆《今人诗话》一文。据鲁迅1933年3月2日日记,本诗为日本山县初男索取小说并题诗而作。诗中"独"原作"尚"。

题 三 义 塔[1]

三义塔者,中国上海闸北三义里遗鸠[2]埋骨之塔也,在日本,农人共建之。

奔霆飞熛歼人子,败井颓垣剩饿鸠。
偶值大心离火宅,终遗高塔念瀛洲。[3]
精禽梦觉仍衔石,斗士诚坚共抗流。[4]
度尽劫波兄弟在,相逢一笑泯恩仇。[5]

六月二十一日

*　　*　　*

〔1〕 本篇在收入本书前未在报刊上发表过。鲁迅 1933 年 6 月 21 日日记:"为西村真琴博士书一横卷……西村博士于上海战后得丧家之鸠,持归养之,初亦相安,而终化去。建塔以藏,且征题咏,率成一律,聊答遐情云尔。"诗中"熛"原作"焰"。上海战事指 1932 年 1 月 28 日日军进攻闸北,中国军民奋起抵抗的淞沪战争。

〔2〕 鸠　指鸽子,日语称为堂鸠。

〔3〕 大心　佛家语,"大悲心"的略称。《大乘起信论》以"欲拔一切众生苦"之心为大悲心。瀛洲,传说中的东海神山,这里指日本。《史记·秦始皇本纪》:"齐人徐市等上书,言海中有三神山,名曰蓬莱、

方丈、瀛洲。"

〔4〕 精禽　即精卫。《山海经·北山经》:"有鸟焉,其状如乌,文首白喙赤足,名曰精卫,其鸣自詨。是炎帝之少女,名曰女娃。女娃游于东海,溺而不反,故为精卫。常衔西山之木石,以堙于东海。"

〔5〕 劫波　佛家语,梵文 Kalpa 的音译,略称为劫。源于古印度婆罗门教,认为世界经历若干万年毁灭一次,尔后重新开始,一生一灭叫做一"劫"。后人借用指天灾人祸。

悼丁君[1]

如磐夜气压重楼,剪柳春风导九秋。[2]
瑶瑟凝尘清怨绝,可怜无女耀高丘。

六月

* * * *

〔1〕 本篇最初发表于1933年9月30日《涛声》周刊第二卷第三十八期。据鲁迅1933年6月28日日记,本诗是书赠周陶轩的。诗中"夜气"原作"遥夜","压"作"拥","瑶"作"湘"。

丁君 指丁玲(1904—1986),原名蒋冰之,湖南临澧人,作家。著有短篇小说集《在黑暗中》、中篇小说《水》等。1933年5月14日在上海被捕,6月间盛传她在南京遇害,鲁迅因作本诗。

〔2〕 剪柳春风 唐代贺知章《咏柳》:"不知细叶谁裁出,二月春风似剪刀。"九秋,即秋天。秋季三个月九十天,故称。南朝梁元帝《纂要》:"秋……亦曰三秋、九秋。"

赠　　人[1]

明眸越女罢晨装,荇水荷风是旧乡。[2]
唱尽新词欢不见,旱云如火扑晴江。[3]

其　　二

秦女端容理玉筝,梁尘踊跃夜风轻。[4]
须臾响急冰弦绝,但见奔星劲有声。[5]

七月

*　　*　　*

〔1〕 据鲁迅1933年7月21日日记,本诗是书赠日本森本清八的。诗中"理"原作"弄","但"作"独"。作者后于1934年7月14日书第一首赠梁得所,手迹曾刊发于同年8月1日《小说》半月刊第五期;又曾书第二首赠日本友人山本实彦,诗中"轻"作"清"。

〔2〕 越女　唐代王维《洛阳女儿行》:"谁怜越女颜如玉,贫贱江头自浣纱。"越女,原指西施,也泛指江浙一带的女子。

〔3〕 唱尽新词欢不见　唐代刘禹锡《踏歌词四首》之一:"唱尽新词欢不见,红霞映树鹧鸪鸣。"欢,古代吴声歌曲中对情人的称谓。

〔4〕 秦女　相传秦穆公女名弄玉,能吹箫作凤鸣(见《列仙传》)。这里泛指善弹奏的女子。梁尘踊跃,形容乐声的动人。《艺文类

聚》卷四十三引刘向《别录》:"汉兴以来,善雅歌者鲁人虞公,发声清哀,盖动梁尘。"

〔5〕 奔星 《尔雅·释天》"奔星"注:"流星大而疾,曰奔。"《晋书·天文志(中)》:奔星"声隆隆者,怒之象也。"

阻郁达夫移家杭州[1]

　　钱王登假仍如在,伍相随波不可寻。[2]
　　平楚日和憎健翮,小山香满蔽高岑。[3]
　　坟坛冷落将军岳,梅鹤凄凉处士林。[4]
　　何似举家游旷远,风波浩荡足行吟。

十二月

* * *

　　〔1〕　本篇曾见录于1934年7月20日《人间世》半月刊第八期高疆《今人诗话》一文。据鲁迅1933年12月30日日记,本诗是为当时郁达夫妻子王映霞写的。诗中"假"原作"遐","风波"作"风沙"。

　　郁达夫(1896—1945)　浙江富阳人,作家,创造社重要成员之一。1928年曾与鲁迅合编《奔流》月刊。郁达夫于1933年春迁往杭州,并拟定居。后来他在《回忆鲁迅》中说:"这诗的意思他曾同我说过,指的是杭州党政诸人的无理高压。"

　　〔2〕　钱王登假　钱王即钱镠(852—932),临安(今浙江杭州)人,五代时吴越国的国王。据宋代郑文宝《江表志》载:"两浙钱氏,偏霸一方,急征苛惨,科赋凡欠一斗者多至徒罪。徐瑒尝使越,云:'三更已闻獐麂号叫达曙,问于驿吏,乃县司征科也。乡民多赤体,有被葛褐者,都用竹篾系腰间,执事非刻理不可,虽贫者亦家累千金。'"登假,同登遐,旧称帝王的死亡为登假。《礼记·曲礼下》:"告丧,曰'天王登

152

假'。"汉代郑玄注:"登,上也;假,已也;上已者,若仙去云耳。"伍相随波,伍相,即伍子胥(?—前484),名员,字子胥,春秋时楚国人。父兄为楚平王所杀,他出奔吴国,助吴伐楚。后劝吴王夫差灭越,吴王不听,赐剑迫令自刎,"乃取子胥尸盛以鸱夷革,浮之江中"见《史记·伍子胥列传》。

〔3〕 平楚 南朝齐谢朓《宣城郡内望远》:"寒城一以眺,平楚正苍然。"明代杨慎《升庵诗话》:"楚,丛木也。登高望远,见木杪如平地,故云平楚,犹所谓平林也。"高岑,三国魏王粲《登楼赋》:"平原远而极目兮,蔽荆山之高岑。"

〔4〕 将军岳 指岳飞(1103—1142),字鹏举,相州汤阴(今属河南)人,南宋抗金将领。后被主和派赵构(宋高宗)、秦桧谋害。杭州西湖畔有岳坟。处士林,指林逋(967—1028),字君复,谥号和靖先生,钱塘(今浙江杭州)人,宋代诗人。隐居西湖孤山,喜种梅养鹤。著有《和靖诗集》。孤山有他的坟墓、鹤塚和放鹤亭。

附　录

一九二八年——一九二九年

《奔流》编校后记[1]

一

创作自有他本身证明,翻译也有译者已经解释的。现在只将编后想到的另外的事,写上几句——

Iwan Turgenjew[2]早因为他的小说,为世所知,但论文甚少。这一篇《Hamlet und Don Quichotte》[3]是极有名的,我们可以看见他怎样地观察人生。《Hamlet》中国已有译文,无须多说;《Don Quichotte》则只有林纾[4]的文言译,名《魔侠传》,仅上半部,又是删节过的。近两年来,梅川[5]君正在大发《Don Quixote》翻译热,但愿不远的将来,中国能够得到一部可看的译本,即使不得不略去其中的闲文也好。

《Don Quixote》的书虽然将近一千来页,事迹却很简单,就是他爱看侠士小说,因此发了游侠狂,硬要到各处去除邪惩恶,碰了种种钉子,闹了种种笑话,死了;临死才回复了他的故我。所以 Turgenjew 取毫无烦闷,专凭理想而勇往直前去做事的为"Don Quixote type"[6]，来和一生瞑想，怀疑，以致什么事也不能做的 Hamlet 相对照。后来又有人和这专凭理想的"Don Quixoteism 式"相对，称看定现实，而勇往直前去做事的为"Marxism 式"。中国现在也有人嚷些什么"Don Quixote"了，[7]但因为实在并没有看过这一部书，所以和实际是一点不对的。

《大旱的消失》[8]是 Essay，作者的底细，我不知道，只知道是 1902 年死的。Essay 本来不容易译，在此只想绍介一个格式。将来倘能得到这一类的文章，也还想登下去。

跋司珂（Vasco）族是古来住在西班牙和法兰西之间的 Pyrenees[9]山脉两侧的大家视为世界之谜的人种。巴罗哈（Pio Baroja y Nessi）[10]就禀有这族的血液，以一八七二年十二月廿八日，生于靠近法境的圣舍跋斯丁市。原是医生，也做小说，两年后，便和他的哥哥 Ricardo[11]到马德里开面包店去了，一共开了六年。现在 Ricardo 是有名的画家；他是最独创底的作家，早和 Vicente Blasco Ibáñez[12]并称现代西班牙文坛的巨擘。他的著作至今大约有四十种，多是长篇。这里的小品四篇[13]，是从日本的《海外文学新选》第十三编《跋司珂牧歌调》内，永田宽定[14]的译文重翻的；原名《Vidas Sombrias》[15]，因为所写的是跋司珂族的性情，所以仍用日译的题目。

今年一说起"近视眼看匾"来，似乎很有几个自命批评家郁郁不乐，又来大做其他的批评。[16]为免去蒙冤起见，只好特替作者在此声明几句：这故事原是一种民间传说，作者取来编作"狂言"样子,[17]还在前年的秋天,本豫备登在《波艇》[18]上的。倘若其中仍有冒犯了批评家的处所,那实在是老百姓的眼睛也很亮,能看出共通的暗病的缘故,怪不得传述者的。

俄国的关于文艺的争执,曾有《苏俄的文艺论战》[19]介绍过,这里的《苏俄的文艺政策》[20],实在可以看作那一部的续编。如果看过前一书,则看起这篇来便更为明了。序文上虽说立场有三派的不同,然而约减起来,不过是两派。即对于阶级文艺,一派偏重文艺,如瓦浪斯基[21]等,一派偏重阶级,是《那巴斯图》[22]的人们;Bukharin[23]们自然也主张支持劳动阶级作家的,但又以为最要紧的是要有创作。发言的人们之中,几个是委员,如 Voronsky, Bukharin, Iakovlev, Trotsky, Lunacharsky[24]等;也有"锻冶厂"[25]一派,如 Pletnijov[26];最多的是《那巴斯图》的人们,如 Vardin, Lelevitch, Averbach, Rodov, Besamensky[27]等,译载在《苏俄的文艺论战》里的一篇《文学与艺术》后面,都有署名在那里。

《那巴斯图》派的攻击,几乎集中于一个 Voronsky,《赤色新地》[28]的编辑者;对于他的《作为生活认识的艺术》,Lelevitch 曾有一篇《作为生活组织的艺术》,引用布哈林的定义,以艺术为"感情的普遍化"的方法,并且指摘 Voronsky 的艺术论,乃是超阶级底的。这意思在评议会[29]的论争上也可见。但到后来,藏原惟人[30]在《现代俄国的批评文学》中说,他们两人之间的立场似乎有些接近了,Voronsky 承认了艺术的阶级性之重要,Lelevitch 的攻击也较先前稍为和缓了。现在是

Trotsky, Radek[31]都已放逐，Voronsky大约也退职，状况也许又很不同了罢。

从这记录中，可以看见在劳动阶级文学大本营的俄国的文学的理论和实际，于现在的中国，恐怕是不为无益的。其中有几个空字，是原译本如此，因无别国译本，不敢妄补，倘有备着原书，通函见教，或指正其错误的，必当随时补正。

一九二八年六月五日，鲁迅。

二

Rudolf Lindau 的《幸福的摆》[32]，全篇不过两章，因为纸数的关系，只能分登两期了。篇末有译者附记，以为"小说里有一种 Kosmopolitisch[33]的倾向，同时还有一种厌世的东洋色彩"，这是极确凿的。但作者究竟是德国人，所以也终于不脱日耳曼气，要绘图立说，来发明"幸福的摆"，自视为生路，而其实又是死因。我想，东洋思想的极致，是在不来发明这样的"摆"，不但不来，并且不想；不但不想到"幸福的摆"，并且连世间有所谓"摆"这一种劳什子也不想到。这是令人长寿平安，使国古老拖延的秘法。老聃作五千言，释迦有恒河沙数说[34]，也还是东洋人中的"好事之徒"也。

奥国人 René Fueloep-Miller[35]的叙述苏俄状况的书，原名不知道是什么，英译本曰《The Mind and Face of Bolshevism》，今年上海似乎到得很不少。那叙述，虽说是客观的，然而倒是指摘缺点的地方多，惟有插画二百余，则很可以供我们的参考,因为图画是人类共通的语言,很难由第三者从中作梗的。可惜有些"艺术家",先前生吞"琵亚词侣",活剥蕗谷虹儿,[36]今年突变为"革命艺术家",早又顺手将其中的几个作家撕碎了。这里翻印了两张,都是 I. Annenkov[37] 所作的画像;关于这画像,著者这样说——

"……其中主要的是画家 Iuanii Annenkov。他依照未来派艺术家的原则工作,且爱在一幅画上将各刹那并合于一件事物之中,但他设法寻出一个为这些原质的综合。他的画像即意在'由一个人的传记里,抄出脸相的各种表现来'。俄国的批评家特别称许他的才能在于将细小微末的详细和画中的实物发生关连,而且将这些制成更加恳切地显露出来的性质。他并不区别有生和无生,对于他的题目的周围的各种琐事,他都看作全体生活的一部分。他爱一个人的所有物,这生命的一切细小的碎片;一个脸上的各个抓痕,各条皱纹,或一个赘疣,都自有它的意义的。"

那 Maxim Gorky[38] 的画像,便是上文所讲的那些的好例证。他背向西欧的机械文明,面对东方,佛像表印度,磁器表中国,赤色的地方,旗上明写着"R. S. F. S. R."[39],当然是"俄罗斯苏维埃联邦社会主义共和国"了,但那颜色只有一点连到 Gorky 的脑上,也许是含有不满之意的罢——我想。这像是一九二〇年作,后三年,Gorky 便往意大利去了,今年才大家嚷着他要回去。

N. Evreinov[40] 的画像又是一体,立方派[41] 的手法非常浓重的。Evreinov 是俄国改革戏剧的三大人物之一,我记得画室先生译的《新俄的演剧和跳舞》[42]里,曾略述他的主张。这几页"演剧杂感",论人生应该以意志修改自然,虽然很豪迈,但也仍当看如何的改法,例如中国女性的修改其足,便不能和胡蝶结相提并论了。

这回登载了 Gorky 的一篇小说,一篇关于他的文章,[43]一半还是由那一张画像所引起的,一半是因为他今年六十岁。听说在他的本国,为他所开的庆祝会,是热闹极了;我原已译成了一篇昇曙梦的《最近的 Gorky》说得颇详细,但也还因为纸面关系,不能登载,且待下几期的余白罢。

一切事物,虽说以独创为贵,但中国既然是世界上的一国,则受点别国的影响,即自然难免,似乎倒也无须如此娇嫩,因而脸红。单就文艺而言,我们实在还知道得太少,吸收得太少。然而一向迁延,现在单是绍介也来不及了。于是我们只好这样:旧的呢,等他五十岁,六十岁……大寿,生后百年阴寿,死后 N 年忌辰时候来讲;新的呢,待他得到诺贝尔奖金[44]。但是还是来不及,倘是月刊,专做庆吊的机关也不够。那就只好挑几个于中国较熟悉,或者较有意义的来说说了。

生后一百年的大人物,在中国又较耳熟的,今年就有两个:Leov Tolstoy 和 Henrik Ibsen[45]。Ibsen 的著作,因潘家洵[46]先生的努力,中国知道的较多。本刊下期就想由语堂[47],达夫,梅川,我,译上几篇关于他的文章,如 H. Ellis, G. Brandes, E. Roberts, L. Aas, 有岛武郎[48]之作;并且加几幅图像,自年青的 Ibsen 起,直到他的死尸,算作一个纪念。
一九二八年七月四日,鲁迅。

三

前些时,偶然翻阅日本青木正儿[49]的《支那文艺论丛》,看见在一篇《将胡适漩在中心的文学革命》里,有云——

"民国七年(1918)六月,《新青年》突然出了《易卜生号》。这是文学底革命军进攻旧剧的城的鸣镝。那阵势,是以胡将军的《易卜生主义》为先锋,胡适罗家伦共译的《娜拉》(至第三幕),陶履恭的《国民之敌》和吴弱男的《小爱友夫》(各第一幕)为中军,袁振英的《易卜生传》为殿军,勇壮地出阵。他们的进攻这城的行动,原是战斗的次序,非向这里不可的,但使他们至于如此迅速地成为奇兵底的原因,却似乎是这样——因为其时恰恰昆曲在北京突然盛行,所以就有对此叫出反抗之声的必要了。那真相,征之同诰的翌月号上钱玄同君之所说(随感录十八),漏着反抗底口吻,是明明白白的。……"

但何以大家偏要选出 Ibsen 来呢? 如青木教授在后文所说,因为要建设西洋式的新剧,要高扬戏剧到真的文学底地位,要以白话来兴散文剧,还有,因为事已亟矣,便只好先以实例来刺戟天下读书人的直感:这自然都确当的。但我想,也还因为 Ibsen 敢于攻击社会,敢于独战多数,那时的绍介者,恐怕是颇有以孤军而被包围于旧垒中之感的罢,现在细看墓碣,还可以觉到悲凉,然而意气是壮盛的。

那时的此后虽然颇有些纸面上的纷争,但不久也就沉寂,戏剧还是那样旧,旧垒还是那样坚;当时的《时事新报》[50]所斥为"新偶像"者,终于也并没有打动一点中国的旧家子的心。后三年,林纾将"Gengangere"译成小说模样,名曰《梅孽》——但书尾校者的按语,却偏说"此书曾由潘家洵先生编为戏剧,名曰《群鬼》"——从译者看来,Ibsen 的作意还不过是这样的——

"此书用意甚微:盖劝告少年,勿作浪游,身被隐疾,肾宫一败,生子必不永年。……余恐读者不解,故弁以数言。"

然而这还不算不幸。再后几年,则恰如 Ibsen 名成身退,向大众伸出和睦的手来一样,先前欣赏那汲 Ibsen 之流的剧本《终身大事》[51]的英年,也多拜倒于《天女散花》,《黛玉葬花》的台下了。

不知是有意呢还是偶然,潘家洵先生的《Hedda Gabler》[52]的译本,今年突然在《小说月报》上发表了,计算起来,距作者的诞生是一百年,距《易卜生号》[53]的出版已经满十年。我们自然并不是要继《新青年》的遗踪,不过为追怀这曾经震动一时的巨人起见,也翻了几篇短文[54],聊算一个记念。因为是短文的杂集,系统是没有的。但也略有线索可言:第一篇可略知 Ibsen 的生平和著作;第二篇叙述得更详明;第三篇将他的后期重要著作,当作一大篇剧曲看,而作者自己是主人。第四篇是通叙他的性格,著作的琐屑的来由和在世界上的影响的,是只有他的老友 G. Brandes 才能写作的文字。第五篇则说他的剧本所以为英国所不解的缘故,其中有许多话,也可移赠中国的。可惜他的后期著作,惟 Brandes 略及数言,没有另外的详论,或者有岛武郎的一篇《卢勃克和伊里纳的后来》[55],可以稍弥缺憾的罢。这曾译载在本年一月的《小说月报》上,那意见,和 Brandes 的相同。

"人"第一,"艺术底工作"第一呢?这问题,是在力作一生之后,才会发生,也才能解答。独战到底,还是终于向大家伸出和睦之手来呢?这问题,是在战斗一生之后,才能发生,也才能解答。不幸 Ibsen 将后一问解答了,他于是尝到"胜者的悲哀"。

世间大约该还有从集团主义的观点,来批评 Ibsen 的论文罢,无奈我们现在手头没有这些,所以无从绍介。这种工作,以待"革命的智识阶级"及其"指导者"罢。

此外,还想将校正《文艺政策》时所想到的说几句:

托罗兹基是博学的,又以雄辩著名,所以他的演说,恰如狂涛,声势浩大,喷沫四飞。但那结末的豫想,其实是太过于理想底的——据我个人的意见。因为那问题的成立,几乎是并非提出而是袭来,不在将来而在当面。文艺应否受党的严紧的指导的问题,我们且不问;我觉得耐人寻味的,是在"那巴斯图"派因怕主义变质而主严,托罗兹基因文艺不能孤生而主宽的问题。许多言辞,其实不过是装饰的枝叶。这问题看去虽然简单,但倘以文艺为政治斗争的一翼的时候,是很不容易解决的。

一九二八年八月十一日,鲁迅。

四

有岛武郎是学农学的,但一面研究文艺,后来就专心从事文艺了。他的《著作集》,在生前便陆续辑印,《叛逆者》是第四辑,内收关于三个文艺家的研究[56];译印在这里的是第一篇。

以为中世纪在文化上,不能算黑暗和停滞,以为罗丹[57]的出现,是再兴戈谛克的精神[58]:都可以见作者的史识。当这第四辑初出时候,自己也曾翻译过,后来渐觉得作者的文体,移译颇难,又念中国留心艺术史的人还很少,印出来也无用,于是没有完工,放下了。这回金君[59]却勇决地完成了这工作,是很不易得的事,就决计先在《奔流》上发表,顺次完成一本书。但因为对于许多难译的文句,先前也曾用过心,所以遇有自觉较妥的,便参酌了几处,出版期迫,不及商量,这是希望译者加以原宥的。

要讲罗丹的艺术,必须看罗丹的作品,——至少,是作品的影片。然而中国并没有这一种书。所知道的外国文书,图画尚多,定价较廉,在中国又容易入手的,有下列的二种——

《The Art of Rodin.》64 Reproductions. Introduction by Louis Weinberg.《Modern Library》第 41 本。95 cents net. 美国纽约 Boni and Liveright, Inc. 出版。[60]

《Rodin.》高村光太郎[61]著。《Ars 美术丛书》第二十五编。特制本一圆八十钱,普及版一圆。日本东京Ars社出版。

罗丹的雕刻,虽曾震动了一时,但和中国却并不发生什么关系地过去了。后起的有 Ivan Mestrovic[62](1883年生),称为塞尔维亚的罗丹,则更进,而以太古底情热和酷烈的人间苦为特色的,曾见英国和日本,都有了影印的他的雕刻集。最近,更有 Konenkov[63],称为俄罗斯的罗丹,但与罗丹所代表是西欧的有产者不同,而是东欧的劳动者。可惜在中国也不易得到资料,我只在昇曙梦编辑的《新露西亚美术大观》里见过一种木刻,是装饰全俄农工博览会内染织馆的《女工》。

一九二八年九月十五夜,鲁迅。

五

本月中因为有印刷局的罢工,这一本的印成,大约至少要比前四本迟十天了。

《她的故乡》[64]是从北京寄来的,并一封信,其中有云:

"这篇小文是我在二年前,从《World's Classics》之'Selected Modern English Essays'里无意中译出的,译后即搁在书堆下;前日在北海图书馆看到 W. H. Hudson 的集子十多大本,觉得很惊异。然而他的大著我仍然没有细读过,虽然知道他的著作有四种很著名。……

"作者的事情,想必已知?我是不知道,只能从那选本的名下,知他生于一八四一,死于一九二二而已。

"末了,还有一极其微小的事要问:《大旱之消失》的作者,《编校后记》上说是一九〇二年死的,然而我看《World's Classics》关于他的生死之注,是:1831—1913,这不知究竟怎样?"

W. H. Hudson 的事情,我也不知道。新近得到一本 G. Sampson 增补的 S. A. Brooke 所编《Primer of English Literature》[65],查起来,在第九章里,有下文那样的几句——

"Hudson 在《Far Away and Long Ago》[66]中,讲了在南美洲的他的青年时代事,但于描写英国的鸟兽研究,以及和自然界最为亲近的农夫等,他也一样地精工。仿佛从丰饶的心中,直接溢出似的他的美妙而平易的文章,在同类中,最为杰出。《Green Mansions》,《The Naturalist in La Plata》,《The Purple Land》,《A Shepherd's Life》等,是在英文学中,各占其地位的。"

再查《蔷薇》的作者 P. Smith[67],没有见;White[68]却有的,在同章中的"后期维多利亚朝的小说家"条下,但只有这几句,就是——

"'Mark Rutherford'(即 Wm. Hale White)的描写非国教主义者生活的阴郁的小说,是有古典之趣的文章,表露着英国人心的一面的。"

至于生卒之年,那是《World's Classics》上的对,我写后记时,所据的原也是这一本书,不知怎地却弄错了。

近来时或收到并不连接的期刊之类,其中往往有关于我个人或和我有关的刊物的文章,但说到《奔流》者很少。只看见两次。一,是说译著以个人的趣味为重,所以不行。这是真的。《奔流》决定底地没有这力量,会每月选定全世界上有世界的意义的文章,汇成一本,或者满印出有世界的意义的作品来。说到"趣味",那是现在确已算一种罪名了,但无论人类底也罢,阶级底也罢,我还希望总有一日弛禁,讲文艺不必定要"没趣味"。又其一,是说《奔流》的"执事者都是知名的第一流人物","选稿也许是极严吧?而于著,译,也分得极为明白,不仅在《奔流》中目录,公布着作译等字样,即是在《北新》,《语丝》……以及一切旁的广告上,也是如此。"但

"汉君作的《一握泥土》,实实在在道道地地的的确确是'道地'地从翻译而来的。……原文不必远求西版书,即在商务出版的《College English Reading》[69]中就有。题目是:

《A Handful of Clay》

作者是 Henry Van Dyke。这种小错误,其实不必吹毛求疵般斤斤计较,不过《奔流》既然如此地分得明白,那末译而曰作,似乎颇有掠美之嫌,故敢代为宣布。此或可使主编《奔流》的先生,小心下一回耳。"

其实,《奔流》之在目录及一切广告上声明译作,倒是小心之过,因为恐怕爱读创作而买时未暇细看内容的读者,化了冤钱,价又不便宜,便定下这一种办法,竟不料又弄坏了。但这回的译作不分,却因编者的"浅薄",一向没有读过那一种"Reading"之类,也未见别的译文,投稿上不写原作者名,又不称译,便以为是做的,简直当创作看了,"掠美"的坏意思,自

以为倒并没有的。不过无论如何小心,此后也难保再没有这样的或更大的错误,那只好等读者的指摘,检切要的在次一本中订正了。

顺便还要说几句别的话。诸位投稿者往往因为一时不得回信,给我指示,说编辑者应负怎样的责任。那固然是的。不过所谓奔流社的"执事者",其实并无和这一种堂皇名号相副的大人物;就只有两三个人,来译,来做,来看,来编,来校,搜材料,寻图画,于是信件收送,便只好托北新书局代办。而那边人手又少,十来天送一次,加上本月中邮局的罢工积压,所以催促和训斥的信,好几封是和稿件同到的。无可补救。各种惠寄的文稿及信件,也因为忙,未能壹壹答复,这并非自恃被封为"知名的第一流人物"之故,乃是时光有限,又须谋生,若要周到,便没有了性命,也编不成《奔流》了。这些事,倘肯见谅,是颇望见谅的。因为也曾想过许多回,终于没有好方法,只能这样的了。

一九二八年十月二十六日,鲁迅。

六

编目的时候,开首的四篇诗[70]就为难,因为三作而一译,真不知用怎样一个动词好。幸而看见桌上的墨,边上印着"曹素功监制"字样,便用了这"制"字,算是将"创作"和"翻译"都包括在内,含混过去了。此外,能分清的,还是分清。

这一本几乎是三篇译作的天下,中间夹着三首译诗,不过是充充配角的。而所以翻译的原因,又全是因为插画,那么,诗之不关重要,也就可想而知了。第一幅的作者 Arthur Rackham[71]是英国作插画颇颇有名的人,所作的有《Æsop's Fables》的图画等多种,这幅从《The Springtide of Life》[72]里选出,原有彩色,我们的可惜没有了。诗的作者 Algernon Charles Swinburne(1837—1909)是维多利亚朝末期的诗人,世称他最受欧洲大陆的影响,但从我们亚洲人的眼睛看来,就是这一篇,也还是英国气满满的。

《跳蚤》的木刻者 R. Dufy[73]有时写作 Dufuy,是法国有名的画家,也擅长装饰;而这《禽虫吟》的一套木刻尤有名。集的开首就有一篇诗赞美他的木刻的线的崇高和强有力;L. Pichon[74]在《法国新的书籍图饰》中也说——

"……G. Apollinaire 所著《Le Bestiaire au Cortége d'Orphée》的大的木刻,是令人极意称赞的。是美好的画因的丛画,作成各种殊别动物的相沿的表象。由它的体的分布和线的玄妙,以成最佳的装饰的全形。"

这书是千九百十一年,法国 Deplanch[75]出版;日本有堀口大学[76]译本,名《动物诗集》,第一书房(东京)出版的,封余的译文,即从这本转译。

蕗谷虹儿的画,近一两年曾在中国突然造成好几个时行的书籍装饰画家;这一幅[77]专用白描,而又简单,难以含胡,所以也不被模仿,看起来较为新鲜一些。

一九二八年十一月十八日,鲁迅。

七

生存八十二年，作文五十八年，今年将出全集九十三卷的托尔斯泰，即使将一本《奔流》都印了关于他的文献的目录，恐怕尚且印不下，更何况登载记念的文章。但只有这样的材力便只能做这样的事，所以虽然不过一本小小的期刊，也还是趁一九二八年还没有全完的时候，来作一回托尔斯泰诞生后百年的记念。

关于这十九世纪的俄国的巨人，中国前几年虽然也曾经有人介绍，今年又有人叱骂，然而他于中国的影响，其实也还是等于零。他的三部大著作中，《战争与和平》至今无人翻译；传记是只有 Ch. Sarolea[78] 的书的文言译本和一小本很不完全的《托尔斯泰研究》[79]。前几天因为要查几个字，自己和几个朋友走了许多外国书的书店，终竟寻不到一部横文的他的传记。关于他的著作，在中国是如此的。说到行为，那是更不相干了。我们有开书店造洋房的革命文豪，没有分田给农夫的地主——因为这也是"浅薄的人道主义"；有软求"出版自由"的"著作家"兼店主，没有写信直斥皇帝的胡涂虫[80]——因为这是没有用的，倒也并非怕危险。至于"无抵抗"呢，事实是有的，但并非由于主义，因事不同，因人不同，或打人的嘴巴，或将嘴巴给人打，倘以为会有俄国的许多"灵魂的战士"（Doukhobor）[81]似的，宁死不当兵卒，那实在是一种"杞忧"。

所以这回是意在介绍几篇外国人——真看过托尔斯泰的作品，明白那历史底背景的外国人——的文字，可以看看先前和现在，中国和外国，对于托尔斯泰的评价是怎样的不同。但自然只能从几个译者所见到的书报中取材，并非说惟这几篇是现在世间的定论。

首先当然要推 Gorky 的《回忆杂记》[82]，用极简洁的叙述，将托尔斯泰的真诚底和粉饰的两面，都活画出来，仿佛在我们面前站着。而作者 Gorky 的面目，亦复跃如。一面可以见文人之观察文人，一面可以见劳动出身者和农民思想者的隔膜之处。达夫先生曾经提出一个小疑问，是第十一节里有 Nekassov 这字，也许是错的，美国版的英书，往往有错误。我因为常见俄国文学史上有 Nekrassov[83]，便于付印时候改了，一面则寻访这书的英国印本，来资印证，但待到三校已完，而英国本终于得不到，所以只得暂时存疑，如果所添的"r"是不对的，那完全是编者的责任。

第一篇通论托尔斯泰的一生和著作的，是我所见的一切中最简洁明了的文章，从日本井田孝平[84]的译本《最新露西亚文学研究》重译；书名的英译是《Sketches for the History of Recent Russian Literature》，但不知全书可有译本。原本在一九二三年出版；著者先前是一个社会民主党员，屡被拘囚，终遭放逐，研究文学便是在狱中时的工作。一九〇九年回国，渐和政治离开，专做文笔劳动和文学讲义的事了。这书以 Marxism 为依据，但侧重文艺方面，所以对于托尔斯泰的思想，只说了"反对这极端底无抵抗主义而起的，是 Korolienko[85]和Gorki,以及革命底俄国"这几句话。

从思想方面批评托尔斯泰,可以补前篇之不足的,是A. Lunacharski的讲演[86]。作者在现代批评界地位之重要,已可以无须多说了。这一篇虽讲在五年之前,其目的多在和政敌"少数党"[87]战斗,但在那里面,于非有产阶级底唯物主义(Marxism)和非有产阶级底精神主义(Tolstoism)的不同和相碍,以及Tolstoism的缺陷及何以有害于革命之点,说得非常分明,这才可以照见托尔斯泰,而且也照见那以托尔斯泰为"卑污的说教者"[88]的中国创造社旧旗下的"文化批判"者。

Lvov-Rogachevski[89]以托尔斯泰比卢梭[90],Lunacharski的演说里也这样。近来看见Plekhanov的一篇论文《Karl Marx和Leo Tolstoi》[91]的附记里,却有云,"现今开始以托尔斯泰来比卢梭了,然而这样的比较,不过得到否定底的结论。卢梭是辩证论者(十八世纪少数的辩证论者之一人),而托尔斯泰则到死为止,是道地的形而上学者(十九世纪的典型底形而上学者的一人)。敢于将托尔斯泰和卢梭并列者,是没有读过那有名的《人类不平等起原论》或读而不懂的人所做的事。在俄国文献里,卢梭的辩证法底特质,在十二年前,已由札思律支[92]弄明白了。"三位都是马克斯学者的批评家,我则不但"根本不懂唯物史观"[93],且未曾研究过卢梭和托尔斯泰的书,所以无从知道那一说对,但能附载于此,以供读者的参考罢了。

小泉八云[94]在中国已经很有人知道,无须绍介了。他的三篇讲义,为日本学生而讲,所以在我们看去,也觉得很了然。其中含有一个很够研究的问题,是句子为一般人所不懂,是否可以算作好文学。倘使为大众所不懂而仍然算好,那么这文学也就决不是大众的东西了。托尔斯泰所论及的这一层,确是一种卓识。但是住在都市里的小资产阶级,实行是极难的,先要"到民间去"[95],用过一番苦功。否则便会像创造社的革命文学家一样,成仿吾刚大叫到劳动大众间去安慰指导他们(见本年《创造月刊》)[96],而"诗人王独清教授"又来减价,只向"革命的印贴利更追亚"说话(见《我们》一号)[97]。但过了半年,居然已经悟出,修善寺温泉浴场[98]和半租界洋房中并无"劳动大众",这是万分可"喜"的。

　　Maiski[99]的讲演也是说给外国人听的,所以从历史说起,直到托尔斯泰作品的特征,非常明了。日本人的办事真敏捷,前月底已有一本《马克斯主义者之所见的托尔斯泰》[100]出版,计言论九篇,但大抵是说他的哲学有妨革命,而技术却可推崇。这一篇的主意也一样,我想,自然也是依照"苏维埃艺术局"的纲领书的,所以做法纵使万殊,归趣却是一致。奖其技术,贬其思想,是一种从新估价运动,也是廓清运动。虽然似乎因此可以引出一个问题,是照此推论起来,技术的生命,长于内容,"为艺术的艺术"[101],于此得到苏甦的消息。然而这还不过是托尔斯泰诞生一百年后的托尔斯泰论。在这样的世界上,他本国竟以记念观念相反的托尔斯泰的盛典普示世界,以他的优良之点讲给外人,其实是十分寂寞的事。到了将来,自然还会有不同的言论的。

　　托尔斯泰晚年的出奔,原因很复杂,其中的一部,是家庭的纠纷。我们不必看别的记录,只要看《托尔斯泰自己的事情》[102]一篇,便知道他的长子 L. L. Tolstoi 便是一个不满于父亲的亲母派。《回忆杂记》第二十七节说托尔斯泰喜欢盘问人家,如"你想我的儿子莱阿,是有才能的么?"的莱阿,便是他。末尾所记的 To the doctor he would say:"All my arrangements must be destroyed."尤为奇特,且不易解。托尔斯泰死掉之前,他的夫人没有进屋里去,作者又没有说这是医生所传述,所以令人觉得很可疑怪的。

末一篇[103]是没有什么大关系的,不过可以知道一点前年的 Iasnaia Poliana 的情形。

这回的插图,除卷面的一幅是他本国的印本,卷头的一幅从 J. Drinkwater 编的《The Outline of Literature》[104],他和夫人的一幅从《Sphere》[105]取来的之外,其余七幅,都是出于德人 Julius Hart 的《托尔斯泰论》和日本译的《托尔斯泰全集》里的。这全集共六十本,每本一图,倘使挑选起来,该可以得到很适宜的插画,可惜我只有六本,因此其中便不免有所迁就了。卷面的像上可以看见 Gorky 看得很以为奇的手;耕作的图是 Riepin[106]于一八九二年所作,颇为有名,本期的 Lvov-Rogachevski 和藏原惟人的文章里,就都提起它,还有一幅坐像,也是 Riepin 之作,也许将来可以补印。那一张谑画(Caricature)[107],不知作者,我也看不大懂,大约是以为俄国的和平,维持只靠兵警,而托尔斯泰却在拆掉这局面罢。一张原稿,是可以印证他怎样有闲,怎样细致,和 Dostoievski[108]的请女速记者做小说怎样两路的:一张稿子上,改了一回,删了

173

两回,临末只剩了八行半了。

至于记念日的情形,在他本国的,中国已有记事登在《无轨列车》[109]上。日本是由日露艺术协会电贺全苏维埃对外文化联络协会;一面在东京读卖新闻[110]社讲堂上开托尔斯泰记念讲演会,有 Maiski 的演说,有 Napron 女士的 Esenin[111]诗的朗吟。同时又有一个记念会,大约是意见和前者相反的人们所办的,仅看见《日露艺术》[112]上有对于这会的攻击,不知其详。

欧洲的事情,仅有赵景深[113]先生写给我一点消息——

"顷阅《伦敦麦考莱》十一月号,有这样几句话:'托尔斯泰研究会安排了各种百年纪念的庆祝。十月末《黑暗的势力》和《教育之果》在艺术剧院上演。Anna Stannard 将《Anna Karenina》改编剧本,亦将于十一月六日下午三时在皇家剧院上演。同日下午八时 P. E. N. 会将为庆祝托尔斯泰聚餐,Galsworthy 亦在席云。'

"又阅《纽约时报》十月七号的《书报评论》,有法国纪念托尔斯泰的消息。大意说,托尔斯泰游历欧洲时,不大到法国去,因为他是主张为人生的艺术的,所以不大欢喜法国的文学。他在法国文学中最佩服三个人,就是 Stendhal,Balzac 和 Flaubert。对于他们的后辈 Maupassant,Mirbeau 等,也还称赞。法国认识托尔斯泰是很早的,一八八四年即有《战争与和平》的法译本,一八八五年又有《Anna Karenina》和《忏悔》的法译本。M. Bienstock 曾译过他的全集,可惜没有完。自从 Eugène Melchior de Vogüe 在一八八六年作了一部有名的《俄国小说论》,法国便普遍的知道托尔斯泰了。今年各杂志上更大大的著论介绍,其中有 M. Rappoport 很反对托尔斯泰的无抵抗主义,说他是个梦想的社会主义者。但大致说来,对于他还都是很崇敬的,罗曼罗兰对他依旧很是忠心,与以前做《托尔斯泰传》时一样。"

在中国,有《文学周报》和《文化战线》[114],都曾为托尔斯泰出了记念号;十二月的《小说月报》上,有关于他的图画八幅和译著三篇。

一九二八年十二月二十三日,鲁迅记。

八

这一本校完之后,自己觉得并没有什么话非说不可。

单是,忽然想起,在中国的外人,译经书,子书的是有的,但很少有认真地将现在的文化生活——无论高低,总还是文化生活——绍介给世界。有些学者,还要在载籍里竭力寻出食人风俗的证据来。这一层,日本比中国幸福得多了,他们常有外客将日本的好的东西宣扬出去,一面又将外国的好的东西,循循善诱地输运进来。在英文学方面,小泉八云便是其一,他的讲义[115],是多么简要清楚,为学生们设想。中国的研究英文,并不比日本迟,所接触的,是英文书籍多,学校里的外国语,又十之八九是英语,然而关于英文学的这样讲义,却至今没有出现。现在登载它几篇,对于看看英文,而未曾留心到史底关系的青年,大约是很有意义的。

先前的北京大学里,教授俄,法文学的伊发尔(Ivanov)和铁捷克(Tretiakov)[116]两位先生,我觉得却是善于诱掖的人,我们之有《苏俄的文艺论战》和《十二个》[117]的直接译本而且是译得可靠的,就出于他们的指点之赐。现在是,不但俄文学系早被"正人君子"们所击散,连译书的青年也不知所往了。

大约是四五年前罢,伊发尔先生向我说过,"你们还在谈 Sologub[118] 之类,以为新鲜,可是这些名字,从我们的耳朵听起来,好像已经是一百来年以前的名字了。"我深信这是真的,在变动,进展的地方,十年的确可以抵得我们的一世纪或者还要多。然而虽然对于这些旧作家,我们也还是不过"谈谈",他的作品的译本,终于只有几篇短篇,那比较长些的有名的《小鬼》,至今并没有出版。

这有名的《小鬼》的作者梭罗古勃,就于去年在列宁格勒去世了,活了六十五岁。十月革命时,许多文人都往外国跑,他却并不走,但也没有著作,那自然,他是出名的"死的赞美者",在那样的时代和环境里,当然做不出东西来的,做了也无从发表。这回译载了他的一篇短篇——也许先前有人译过的——并非说这是他的代表作,不过借此作一点记念。那所描写,我想,凡是不知道集团主义的饥饿者,恐怕多数是这样的心情。

一九二九年一月十八日,鲁迅。

九

这算是第一卷的末一本了,此后便是第二卷的开头。别的期刊不敢妄揣,但在《奔流》,却不过是印了十本,并无社会上所珍重的"夏历"过年一样,有必须大放爆竹的神秘的玄机。惟使内容有一点小小的结束,以便读者购阅的或停或续的意思,却是有的。然而现在还有《炸弹和征鸟》[119]未曾完结,不过这是在重要的时代,涉及广大的地域,描写多种状况的长篇,登在期刊上需要一年半载,也正是必然之势,况且每期所登也必有两三章,大概在大度的读者是一定很能够谅解的罢。

其次,最初的计画,是想,倘若登载将来要印成单行本的译作,便须全部在这里发表,免得读者再去买一本一部份曾经看过的书籍。但因为译作者的生活关系,这计画恐怕办不到了,纵有匿名的"批评家"以先在期刊上横横直直发表而后来集印成书为罪状,也没有法子。确是全部登完了的只有两种:一是《叛逆者》,一是《文艺政策》。

《叛逆者》本文三篇,是有岛武郎最精心结撰的短论文,一对于雕刻,二对于诗,三对于画;附录一篇,是译者所作;插画二十种,则是编者加上去的,原本中并没有。《文艺政策》原译本是这样完结了,但又见过另外几篇关于文艺政策的文章,倘再译了出来,一切大约就可以知道得更清楚。此刻正在想:再来添一个附录,如何呢?但一时还没有怎样的决定。

《文艺政策》另有画室先生的译本,去年就出版了。听说照例的创造社革命文学诸公又在"批判",有的说鲁迅译这书是不甘"落伍",有的说画室居然捷足先登[120]。其实我译这书,倒并非救"落",也不在争先,倘若译一部书便免于"落伍",那么,先驱倒也是轻松的玩意。我的翻译这书不过是使大家看看各种议论,可以和中国的新的批评家的批评和主张相比较。与翻刻王羲之[121]真迹,给人们可以和自称王派的草书来比一比,免得胡里胡涂的意思,是相仿佛的,借此也到"修善寺"温泉去洗澡,实非所望也。

又其次,是原想每期按二十日出版,没有迟误的,但竟延误了一个月。近时得到几位爱读者的来信,责以迟延,勉以努力。我们也何尝不想这样办;不过一者其中有三回增刊,共加添二百页,即等于十个月内,出了十一本的平常刊;二者这十个月中,是印刷局的两次停工和举国同珍的一回"夏历"岁首,对于这些大事,几个《奔流》同人除跳黄浦江之外,是什么办法也没有的。譬如要办上海居民所最爱看的"大出丧",本来算不得乌托邦[122]的空想,但若脚色都回家拜岁去了,就必然底地出不出来。所以,据去年一年所积的经验,是觉得"凡例"上所说的"倘无意外障碍,定于每月中旬出版"的上一句的分量,实在着重起来了。

孙用先生寄来译诗[123]之后,又寄一篇作者《Lermontov 小记》来。可惜那时第九本已经印好,不及添上了,现在补录在这里——

"密哈尔·古列维支·莱芒托夫（Mikhail Gurievitch Lermontov）在一八一四年十月十五日生于莫斯科，死于一八四一年七月廿七日。是一个俄国的诗人及小说家，被称为'高加索的诗人'的，他曾有两次被流放于高加索（1837，1840），也在那儿因决斗而死。他的最有名的著作是小说《我们的时代的英雄》和诗歌《俄皇伊凡·华西里维支之歌》，《Ismail-Bey》及《魔鬼》等。"

韦素园先生有一封信，有几处是关于 Gorky 的《托尔斯泰回忆杂记》的，也摘录于下——

"读《奔流》七号上达夫先生译文，所记有两个疑点，现从城里要来一本原文的 Gorky 回忆托尔斯泰，解答如下：

1.《托尔斯泰回忆记》第十一节 Nekassov 确为 Nekrassov 之误。涅克拉梭夫是俄国十九世纪有名的国民诗人。

2.'Volga 宣教者'的 Volga 是河名，中国地理书上通译为涡瓦河，在俄国农民多呼之为'亲爱的母亲'，有人译为'卑汙的说教者'，当系错误。不过此处，据 Gorky《回忆杂记》第三十二节原文似应译为'涡瓦河流域'方合，因为这里并不只 Volga 一个字，却在前面有一前置词（za）故也。

以上系根据彼得堡一九一九年格尔热宾出版部所印

行的本子作答的,当不致有大误。不过我看信比杂记写得还要好。"

说到那一封信,我的运动达夫先生一并译出,实在也不只一次了。有几回,是诱以甘言,说快点译出来,可以好好的合印一本书,上加好看的图像;有一回,是特地将读者称赞译文的来信寄去,给看看读书界的期望是怎样地热心。见面时候谈起来,倒也并不如那跋文所说,暂且不译了,[124]但至今似乎也终于没有动手,这真是无可如何。现在索性将这情形公表出来,算是又一回猛烈的"恶毒"的催逼。

一九二九年三月二十五日,鲁迅记。

十

E. Dowden 的关于法国的文学批评的简明扼要的论文,[125]在这一本里已经终结了,我相信于读者会有许多用处,并且连类来看英国的批评家对于批评的批评。

这回译了一篇野口米次郎[126]的《爱尔兰文学之回顾》,以译文而论,自然简直是续貂。但也很简明扼要,于爱尔兰文学运动的来因去果,是说得了了分明的;中国前几年,于Yeats,Synge[127]等人的事情和作品,曾经屡有介绍了,现在有这一篇,也许更可以帮助一点理解罢。

但作者是诗人,所以那文中有许多诗底的辞句,是无须赘说的。只有一端,当翻译完毕时,还想添几句话。那就是作者的"无论那一国的文学,都必须知道古代的文化和天才,和近代的时代精神有怎样的关系,而从这处所,来培养真生命的"的主张。这自然也并非作者一人的话,在最近,虽是最革命底国度里,也有搬出古典文章来之势,编印托尔斯泰全集还是小事,如 Trotsky,且明说可以读 Dante 和 Pushkin[128],Lunacharski 则以为古代一民族兴起时代的文艺,胜于近来十九世纪末的文艺。但我想,这是并非中国复古的两派——遗老的神往唐虞,遗少的归心元代——所能引为口实的——那两派的思想,虽然和 Trotsky 等截然不同,但觉得于自己有利时,我可以保证他们也要引为口实。现在的幻想中的唐虞,那无为而治之世,不能回去的乌托邦,那确实性,比到"阴间"去还稀少;至于元,那时东取中国,西侵欧洲,武力自然是雄大的,但他是蒙古人,倘以这为中国的光荣,则现在也可以归降英国,而自以为本国的国旗——但不是五色的[129]——"遍于日所出入处"了。

要之,倘若先前并无可以师法的东西,就只好自己来开创。拉旧来帮新,结果往往只差一个名目,拖《红楼梦》来附会十九世纪式的恋爱,所造成的还是宝玉,不过他的姓名是"少年威德"[130],说《水浒传》里有革命精神,因风而起者便不免是涂面剪径的假李逵——但他的雅号也许却叫作"突变"[131]。

卷末的一篇虽然不过是对于 Douglas Percy Bliss 的《A History of Wood-Engraving》的批评,[132]但因为可以知道那一本书——欧洲木刻经过的大略,所以特地登载了。本卷第一,二两册上，还附有木刻的插图，作为参考；以后也许还要附载，以见各派的作风。我的私见，以为在印刷术未曾发达的中国，美术家倘能兼作木刻，是颇为切要的，因为容易印刷而不至于很失真，因此流布也能较广远，可以不再如巨幅或长卷，固定一处，仅供几个人的鉴赏了。又，如果刻印章的人，以铁笔兼刻绘画，大概总也能够开一新生面的。

但虽是翻印木刻，中国现在的制版术和印刷术，也还是不行，偶而看看，倒也罢了，如要认真研究起来，则几张翻印的插图，真是贫窭到不足靠，归根结蒂，又只好说到去看别国的书了。Bliss 的书，探究历史是好的，倘看作品，却不合宜，因为其中较少近代的作品。为有志于木刻的人们起见，另举两种较为相宜的书在下面——

《The Modern Woodcut》by Herbert Furst，published by John Lane，London. 42s. 1924.

《The Woodcut of To-day at Home and Abroad》，commentary by M. C. Talaman，published by The Studio Ltd.，London. 7s. 6d. 1927.[133]

上一种太贵；下一种原是较为便宜，可惜今年已经卖完，旧本增价到 21s. 了。但倘若随时留心着欧美书籍广告，大概总有时可以遇见新出的相宜的本子。

一九二九年五月十日，鲁迅记。

十一

A Mickiewicz[134]（1798—1855）是波兰在异族压迫之下的时代的诗人，所鼓吹的是复仇，所希求的是解放，在二三十年前，是很足以招致中国青年的共鸣的。我曾在《摩罗诗力说》里，讲过他的生涯和著作，后来收在论文集《坟》中；记得《小说月报》很注意于被压迫民族的文学的时候，也曾有所论述，但我手头没有旧报，说不出在那一卷那一期了。最近，则在《奔流》本卷第一本上，登过他的两篇诗[135]。但这回绍介的主意，倒在巴黎新成的雕像[136]；《青春的赞颂》[137]一篇，也是从法文重译的。

I. Matsa[138]是匈牙利的出亡在外的革命者，现在以科学底社会主义的手法，来解剖西欧现代的艺术，著成一部有名的书，曰《现代欧洲的艺术》。这《艺术及文学的诸流派》便是其中的一篇，将各国的文艺，在综合底把握之内，加以检查。篇页也并不多，本应该一期登毕，但因为后半篇有一幅图表，一时来不及制版，所以只好分为两期了。

这篇里所举的新流派，在欧洲虽然多已成为陈迹，但在中国，有的却不过徒闻其名，有的则连名目也未经介绍。在这里登载这一篇评论，似乎颇有太早，或过时之嫌。但我以为是极有意义的。这是一种豫先的消毒，可以"打发"[139]掉只偷一些新名目，以自夸耀，而其实毫无实际的"文豪"。因为其中所举的各主义，倘不用科学之光照破，则可借以藏拙者还是不少的。

　　Lunacharski 说过,文艺上的各种古怪主义,是发生于楼顶房上的文艺家,而旺盛于贩卖商人和好奇的富翁的。那些创作者,说得好,是自信很强的不遇的才人,说得坏,是骗子。[140]但此说嵌在中国,却只能合得一半,因为我们能听到某人在提倡某主义——如成仿吾之大谈表现主义,高长虹[141]之以未来派自居之类——而从未见某主义的一篇作品,大吹大擂地挂起招牌来,孪生了开张和倒闭,所以欧洲的文艺史潮,在中国毫未开演,而又像已经一一演过了。

　　得到汉口来的一封信,是这样写着的:

　　　　"昨天接到北新寄来的《奔流》二卷二期,我于匆匆流览了三幅插画之后,便去读《编辑后记》——这是我的老脾气。在这里面有一句话使我很为奋兴,那便是:'……又,如果刻印章的人,以铁笔兼刻绘画,大概总也能够开一新生面的。'我在学校的最后一年和离校后的失业时期颇曾学学过刻印,虽然现在已有大半年不亲此道了。其间因偶然尝试,曾刻过几颗绘画的印子,但是后来觉得于绘画没有修养,很少成功之望,便不曾继续努力。不过所刻的这几颗印子,却很想找机会在什么地方发表一下。因此曾寄去给编《美育》的李金髮先生,然而没有回音。第二期《美育》又增了价,要二元一本,不知里面有否刊登。此外亦曾寄到要出画报的汉口某日报去,但是画报没有出,自然更是石沉大海了。倒是有一家小报很承他们赞赏,然而据说所刻的人物大半是'俄国人',不妥,劝我刻几个党国要人的面像;可恨我根本就不曾想要刻要人们的尊容。碰了三次壁,我只好把这几枚印子塞到箱子底里去了。现在见到了你这句话,怎不令我奋兴呢?兹特冒盛暑在蒸笼般的卧室中找出这颗印子钤奉一阅。如不笑其拙劣,能在《奔流》刊登,则不胜大欢喜也。

    🏛[142]谨上 七月十八日。"

  从远远的汉口来了这样的一个响应,对于寂寞的我们,自然也给以很可感谢的兴奋的。《美育》[143]第二期我只在日报上见过目录,不记得有这一项。至于憾不刻要人的小报,则大约误以版画家为照相店了,只有照相店是专挂要人的放大像片的,现在隐然有取以相比之意,所以也恐怕并非真赏。不过这次可还要碰第四次的壁的罢。《奔流》版心太大而图版小,所以还是不相宜,或者就寄到《朝花旬刊》[144]去。但希望刻者告诉我一个易于认识的名字。

  还有,《子见南子》[145]在山东曲阜第二师范学校排演,引起了一场"圣裔"控告,名人震怒的风潮。曾经搜集了一些公文之类,想作一个附录来发表,但这回为了页数的限制,已经不能排入,只好等别的机会或别的处所了。这或者就寄到《语丝》去。

  读者诸君,再见罢。

        鲁迅。八月十一日。

十二

豫计这一本的出版,和第四本当有整三个月的距离,读者也许要觉得生疏了。这迟延的原因,其一,据出版所之说,是收不回成本来,那么,这责任只好归给各地贩卖店的乾没……。但现在总算得了一笔款,所以就尽其所有,来出一本译文的增刊。

增刊偏都是译文,也并无什么深意,不过因为所有的稿件,偏是译文多,整理起来,容易成一个样子。去年挂着革命文学大旗的"青年"名人,今年已很有些化为"小记者",有一个在小报上鸣不平道:"据书业中人说,今年创作的书不行了,翻译的而且是社会科学的那才好销。上海一般专靠卖小说吃饭的大小文学家那才倒霉呢!如果这样下去,文学家便非另改行业不可了。小记者的推测,将来上海的文学家怕只留着一班翻译家了。"这其实只在说明"革命文学家"之所以化为"小记者"的原因。倘若只留着一班翻译家,——认真的翻译家,中国的文坛还不算堕落。但《奔流》如果能出下去,还是要登创作的,别一小报说:"白薇女士近作之《炸弹与征鸟》,连刊《奔流》二卷各期中,近闻北新书局即拟排印单行本发卖,自二卷五期起,停止续刊。"编者却其实还没有听见这样的新闻,也并未奉到北新书局饬即"停止续刊"的命令。

对于这一本的内容,编者也没有什么话可说,因为世界上一切文学的好坏,即使是"鸟瞰",恐怕现在只有"赵景深氏"

知道。[146]况且译者在篇末大抵附有按语,便无须编者来多谈。但就大体而言,全本是并无一致的线索的,首先是五个作家的像,评传,和作品,或先有作品而添译一篇传,或有了评传而搜求一篇文或诗。这些登载以后,便将陆续积存,以为可以绍介的译文,选登几篇在下面,到本子颇有些厚了才罢。

收到第一篇《彼得斐行状》[147]时,很引起我青年时的回忆,因为他是我那时所敬仰的诗人。在满洲政府之下的人,共鸣于反抗俄皇的英雄,也是自然的事。但他其实是一个爱国诗人,译者大约因为爱他,便不免有些掩护,将"nation"译作"民众"[148],我以为那是不必的。他生于那时,当然没有现代的见解,取长弃短,只要那"斗志"能鼓动青年战士的心,就尽够了。

绍介彼得斐最早的,有半篇译文叫《裴象飞诗论》,登在二十多年前在日本东京出版的杂志《河南》上,[149]现在大概是消失了。其次,是我的《摩罗诗力说》里也曾说及,后来收在《坟》里面。一直后来,则《沉钟》月刊上有冯至先生的论文[150];《语丝》上有L.S.的译诗[151],和这里的诗有两篇相重复。近来孙用先生译了一篇叙事诗《勇敢的约翰》,是十分用力的工作,可惜有一百页之多,《奔流》为篇幅所限,竟容不下,只好另出单行本子了。[152]

契诃夫[153]要算在中国最为大家所熟识的文人之一,他开手创作,距今已五十年,死了也满二十五年了。日本曾为他开过创作五十年纪念会,俄国也出了一本小册子,为他死后二十五年纪念,这里的插画,便是其中的一张。我就译了一篇觉得很平允的论文[154],接着是他的两篇创作。《爱》是评论中所提及的,可作参考,倘再有《草原》和《谷间》,就更好了,然而都太长,只得作罢。《熊》这剧本,是从日本米川正夫译的《契诃夫戏曲全集》里译出的,也有曹靖华先生的译本,名《蠢货》,在《未名丛刊》中。俄国称蠢人为"熊",盖和中国之称"笨牛"相类。曹译语气简捷,这译本却较曲折,互相对照,各取所长,恐怕于扮演时是很有用处的。米川的译本有关于这一篇的解题,译载于下——

"一八八八年冬,契诃夫在墨斯科的珂尔修剧场,看法国喜剧的翻案《对胜利者无裁判》的时候,心折于扮演粗暴的女性征服者这脚色的演员梭罗孚卓夫的本领,便觉到一种诱惑,要给他写出相像的脚色来。于是一任如流的创作力的动弹,乘兴而真是在一夜中写成的,便是这轻妙无比的《熊》一篇。不久,这喜剧便在珂尔修剧场的舞台上,由梭罗孚卓夫之手开演了,果然得到非常的成功。为了作这成功的记念,契诃夫便将这作品(的印本上,题了)献给梭罗孚卓夫。"

J. Aho[155]是芬兰的一个幽婉凄艳的作家,生长于严酷的天然物的环境中,后来是受了些法国文学的影响。《域外小说集》中曾介绍过一篇他的小说《先驱者》,写一对小夫妇,怀着希望去开辟荒林,而不能战胜天然之力,终于灭亡。如这一篇中的艺术家,感得天然之美而无力表现,正是同一意思。Aho 之前的作家 Päivärinta 的《人生图录》(有德译本在《Reclam's Universal Bibliothek》中)[156],也有一篇写一个人因为失恋而默默地颓唐到老,至于作一种特别的跳舞供人玩笑,来换取一杯酒,待到他和旅客(作者)说明原因之后,就死掉了。这一种 Type[157],大约芬兰是常有的。那和天然的环境的相关,看 F. Poppenberg 的一篇《阿河的艺术》[158]就明白。这是很好的论文,虽然所讲的偏重在一个人的一部书,然而芬兰自然的全景和文艺思潮的一角,都描写出来了。达夫先生译这篇时,当面和通信里,都有些不平,连在本文的附记上,也还留着"怨声载道"的痕迹,[159]这苦楚我很明白,也很抱歉的,因为当初原想自己来译,后来觉得麻烦,便推给他了,一面也豫料他会"好,好,可以,可以"的担当去。虽然这种方法,很像"革命文学家"的自己浸在温泉里,却叫别人去革命一样,然而……倘若还要做几天编辑,这些"政策",且留着不说破它罢。

　　Kogan 教授的关于 Gorky 的短文[160],也是很简要的;所说的他的作品内容的出发点和变迁,大约十分中肯。早年所作的《鹰之歌》有韦素园先生的翻译,收在《未名丛刊》之一的《黄花集》中。这里的信[161]却是近作,可以看见他的坦白和天真,也还很盛气。"机械的市民"其实也是坦白的人们,会照他心里所想的说出,并不涂改招牌,来做"狮子身中虫"[162]。若在中国,则一派握定政权以后,谁还来明白地唠叨自己的不满。眼前的例,就如张勋[163]在时,盛极一时的"遗老""遗少"气味,现在表面上已经销声匿迹;《醒狮》之流[164],也只要打倒"共产党"和"共产党的走狗",而遥向首都虔诚地进"忠告"了。至于革命文学指导者成仿吾先生之逍遥于巴黎,"左翼文艺家"蒋光Y先生之养疴于日本(or青岛?)[165],盖犹其小焉者耳。

V. Lidin[166]只是一位"同路人",经历是平常的,如他的自传。别的作品,我曾译过一篇《竖琴》,载在去年一月的《小说月报》上。

东欧的文艺经七手八脚弄得糊七八遭了之际,北欧的文艺恐怕先要使读书界觉得新鲜,在事实上,也渐渐看见了作品的绍介和翻译,虽然因为近年诺贝尔奖金屡为北欧作者所得,于是不胜佩服之至,也是一种原因。这里绍介丹麦思潮的是极简要的一篇[167],并译了两个作家的作品[168],以供参考,别的作者,我们现在还寻不到可作标本的文章。但因为篇中所讲的是限于最近的作家,所以出现较早的如 Jacobsen, Bang[169]等,都没有提及。他们变迁得太快,我们知道得太迟,因此世界上许多文艺家,在我们这里还没有提起他的姓名的时候,他们却早已在他们那里死掉了。

跋佐夫[170]在《小说月报》上,还是由今年不准提起姓名的茅盾[171]先生所编辑的时候,已经绍介过;巴尔干诸国作家之中,恐怕要算中国最为熟识的人了,这里便不多赘。确木努易的小品[172],是从《新兴文学全集》第二十五本中横泽芳人的译本重译的,作者的生平不知道,查去年出版的 V. Lidin 所编的《文学的俄国》,也不见他的姓名,这篇上注着"遗稿",也许是一个新作家,而不幸又早死的罢。

末两篇[173]不过是本卷前几本中未完译文的续稿。最后一篇的下半,已在《文艺与批评》[174]中印出,本来可以不必再印，但对于读者，这里也得有一个结束，所以仍然附上了。《文艺政策》的附录，原定四篇，中二篇是同作者的《苏维埃国家与艺术》和《关于科学底文艺批评之任务的提要》，也已译载《文艺与批评》中；末一篇是 Maisky 的《文化，文学和党》，现在关于这类理论的文籍，译本已有五六种，推演起来，大略已不难揣知，所以拟不再译，即使再译，也将作为独立的一篇，这《文艺政策》的附录，就算即此完结了。

　　一九二九年十一月二十日，鲁迅。

＊　　　＊　　　＊

　　〔１〕　《奔流》编校后记十二则，最初分别发表于 1928 年 6 月 20 日《奔流》第一卷第一期、7 月 20 日第二期、8 月 20 日第三期、9 月 20 日第四期、10 月 30 日第五期、11 月 30 日第六期、12 月 30 日第七期、1929 年 1 月 30 日第八期、4 月 20 日第十期、6 月 20 日第二卷第二期、8 月 20 日第四期、12 月 20 日第五期。自第二卷第二期起改称《编辑后记》。

　　《奔流》，文艺月刊，鲁迅、郁达夫编辑。1928 年 6 月 20 日在上海创刊，1929 年 12 月 20 日出至第二卷第五期停刊。

　　〔２〕　Iwan Turgenjew　伊凡·屠格涅夫（И. С. Тургенев，1818—1883），俄国作家。著有长篇小说《猎人笔记》、《罗亭》、《父与子》等。

　　〔３〕　"Hamlet und Don Quichotte"　《哈姆雷特和堂·吉诃德》，郁达夫译。哈姆雷特是英国莎士比亚剧作《哈姆雷特》的主要人物；堂·吉诃德是西班牙塞万提斯的长篇小说《堂·吉诃德》的主要人物。

　　〔４〕　林纾（1852—1924）　字琴南，福建闽侯（今属福州）人。曾借助别人口述，用文言翻译欧美小说一百七十余种，其中不少是世界名著，当时影响很大，后集为《林译小说》出版。"五四"前后他是反对新

文化运动的复古派代表人物之一。著有《畏庐文集》、《畏庐诗存》等。

〔5〕 梅川　即王方仁。参看本书第123页注〔6〕。他曾打算翻译《堂·吉诃德》，但没有实现。

〔6〕 "Don Quixote type"　"堂·吉诃德型"。下文的Don Quixoteism,即堂·吉诃德主义;Marxism,即马克思主义。

〔7〕 指当时创造社一些人所写的文章,如李初梨在《文化批判》第四期(1928年4月)发表的《请看我们中国的Don Quixote底乱舞》,石厚生(成仿吾)在《创造月刊》第一卷第十一期(1928年5月)发表的《毕竟是"醉眼陶然"罢了》等。其中把鲁迅比作堂·吉诃德。

〔8〕《大旱的消失》 英国作家威廉·怀特(W. H. White)用马克·卢瑟福特(Mark Rutherford)笔名写的作品,克士(周建人)译。Essay,英语:随笔或散文。

〔9〕 Pyrenees　英语,音译比利牛斯。

〔10〕 巴罗哈(1872—1956)　西班牙作家。著有长篇小说《为生活而斗争》三部曲、《一个活动家的回忆录》等。

〔11〕 Ricardo　里卡多(1871—1953),西班牙画家、作家。

〔12〕 Vicente Blasco Ibáñez　维森特·布拉斯科·伊巴涅思(1867—1928),西班牙作家、共和党领导人之一。著有《农舍》、《启示录的四骑士》等。

〔13〕 指《流浪者》、《黑马理》、《移家》、《祷告》,鲁迅译,刊载时总题《跛司珂族的人们》。

〔14〕 永田宽定(1885—1973)　日本的西班牙语言文学研究者,曾任东京外国语学校教授,译有《堂·吉诃德》等。

〔15〕《Vidas Sombrias》《忧郁的生活》。

〔16〕 "近视眼看匾"　鲁迅的《匾》(收入《三闲集》)发表后,曾

遭到一些人的攻击,如钱杏邨在《我们》创刊号(1928年5月)发表的《"朦胧"以后——三论鲁迅》中说:"'在文艺批评上比眼力'(按系鲁迅的话),鲁迅不把他笔尖的血洒向青年,洒向下等人,这就是他的革命。呜呼!现代社会并不如鲁老先生所说的这样的单纯。所谓革命,也并不如鲁老先生所说的这样的幼稚。他始终没有认清什么是'革命',而况是'革命精神!'"

〔17〕 指琴川的《匾额——拟狂言》。"狂言",日本十四世纪末至十六世纪盛行的一种短小的讽刺喜剧。

〔18〕 《波艇》 文学月刊,厦门大学学生组织的"泱泱文艺社"编辑。1926年11月创刊,仅出两期。

〔19〕 《苏俄的文艺论战》 任国桢编译,1925年8月北新书局出版,为《未名丛刊》之一。内收苏联1923年至1924年间关于文艺问题的论文四篇。鲁迅为该书写了《前记》。

〔20〕 《苏俄的文艺政策》 鲁迅1928年翻译的关于苏联文艺政策的文件汇集,内容包括《关于对文艺的党的政策》(1924年5月俄共〔布〕中央召开的关于文艺政策讨论会的记录)、《观念形态战线和文学》(1925年1月第一次无产阶级作家大会的决议)和《关于文艺领域上的党的政策》(1925年6月俄共〔布〕中央的决议)三个部分。系根据日本外村史郎和藏原惟人辑译的日文本转译,连载于《奔流》月刊。1930年6月水沫书店出版单行本,改名《文艺政策》,列为《科学的艺术论丛书》之一。

〔21〕 瓦浪斯基(А. К. Воронский,1884—1943) 又译沃龙斯基,苏联作家、文艺评论家。1921年至1927年曾主编"同路人"杂志《红色处女地》。著有《在接合处》、《文学写照》等。

〔22〕 《那巴斯图》 俄语《На Посту》的音译,即《在岗位上》,莫

集　外　集

斯科无产阶级作家联盟的机关刊物，1923年至1925年在莫斯科出版。其成员在新经济政策时期，曾为在文学中贯彻俄共（布）的路线而斗争，但存在着"左"的宗派主义倾向。

〔23〕　Bukharin　布哈林（Н. И. Бухарин，1888—1938），早年参加俄国革命运动，十月革命后任俄共中央政治局委员、《真理报》主编等职。1928年因对经济建设问题持异议受批判。1938年以"叛国"罪被处死。著有《世界经济和帝国主义》、《共产主义ABC》等。

〔24〕　Voronsky　瓦浪斯基。Iakovlev，雅各武莱夫（Я. А. Яковлев，1896—1939），当时任俄共（布）中央出版部长，1924年5月主持俄共（布）中央委员会出版部召开的关于党的文艺政策的讨论会。Trotsky，托洛茨基（Л. Д. Тродкий，1879—1940），参与领导十月革命，曾任革命军事委员会主席等职。列宁逝世后，他成为联共（布）党内反对派领袖。1927年被开除出党，1929年被驱逐出国。后死于墨西哥。Lunacharsky，卢那察尔斯基（А. В. Луначарский，1875—1933），苏联文艺评论家。当时任苏联教育人民委员。著有《艺术与革命》、《实证美学的基础》和剧本《解放了的堂·吉诃德》等。

〔25〕　"锻冶厂"（Кузница）　即"锻冶场"，又译"打铁铺"，1920年在莫斯科成立的"左"倾文学团体，因出版文艺刊物《锻冶厂》而得名。1928年并入"全苏无产阶级作家联盟"（简称"伐普"）。

〔26〕　Pletnijov　普列特涅夫（В. Ф. Плетнев，1886—1942），苏联文艺评论家，"无产阶级文化派"的理论家之一。

〔27〕　Vardin　瓦进（И. В. Вардин，1890—1941），苏联文学评论家。"伐普"领导人之一，曾任《在岗位上》编辑。Lelevitch，列列维奇（Л. Г. Лелевич，1901—1948），《在岗位上》的编辑，曾担任"伐普"的领导职务。Averbach，阿维尔巴赫（Л. Л. Авербах，1903—1938），《在岗位

上》的编辑,曾担任"伐普"领导职务。Rodov,罗道夫(С. А. Родов,1893—1968),诗人、文艺评论家。《在岗位上》的编辑,"伐普"领导人之一。Besamensky,别泽缅斯基(А. И. Безыменский,1898—1973),诗人,"俄罗斯无产阶级作家联盟"(简称"拉普")成员。《在岗位上》的撰稿人之一。

〔28〕 《赤色新地》 即《红色处女地》,文艺、政论杂志,1921年6月创刊,1942年停刊。1927年前由瓦浪斯基主编。

〔29〕 评议会 指1924年5月9日俄共(布)中央委员会出版部召开的关于党的文艺政策的讨论会。

〔30〕 藏原惟人(1902—1991) 日本文艺评论家和翻译家。

〔31〕 Radek 拉狄克(К. Б. Радек,1885—1939),苏联政论家。早年曾参加无产阶级革命运动,1927年因参加托派集团一度被联共(布)开除出党,1937年以"阴谋颠覆苏联罪"受审。

〔32〕 Rudolf Lindau 鲁道夫·林道(1829—1910),德国作家。著有《来自中国与日本》等。《幸福的摆》,郁达夫译。

〔33〕 Kosmopolitisch 德语:世界主义。

〔34〕 释迦 释迦牟尼(Sákya-Muni,约前565—前486),佛教创始人。恒河沙数,佛家语,比喻数量极多。

〔35〕 René Fueloep-Miller 勒内·菲勒普·米勒(1891—1963),奥地利作家、记者。著有《列宁与甘地》、《布尔什维克的精神与面貌》(即文中的《The Mind and Face of Bolshevism》)等。

〔36〕 指叶灵凤(1904—1975),江苏南京人,作家、画家。他所画的刊物封面和书籍插图常模仿英国画家毕亚兹莱和日本画家蕗谷虹儿的作品。"琵亚词侣",通译毕亚兹莱,参看《集外集拾遗·〈比亚兹莱画选〉小引》。蕗谷虹儿(1898—1979),日本画家。作品有诗画集《睡莲

之梦》、《悲凉的微笑》、《木偶新娘》等。

〔37〕 I. Annenkov 伊·安宁科夫（Ю. П. Анненков，1889—?），俄国版画家。1924年后，侨居德法等国。《奔流》第一卷第二期刊有他所作的高尔基和叶夫雷诺夫的画像。

〔38〕 Maxim Gorky 玛克西姆·高尔基（М. Горький，1868—1936），苏联无产阶级作家。著有长篇小说《福玛·高尔捷耶夫》、《母亲》和自传体三部曲《童年》、《在人间》、《我的大学》等。

〔39〕 "R. S. F. S. R." 原画上是俄文字母 Р. С. Ф. С. Р. даздрав. 意思是"俄罗斯苏维埃社会主义联邦共和国万岁"。

〔40〕 N. Evreinov 尼·叶甫列伊诺夫（Н. Н. Еврейнов，1879—1953），俄国戏剧家。十月革命后侨居法国，著有《话剧之起源》、《俄国戏剧史》等。下文所说的"演剧杂感"指鲁迅所译《生活的演剧化》，在《奔流》上署葛何德译。

〔41〕 立方派 即立体派，二十世纪初形成于法国的一种画派。它摒弃传统的艺术表现手法，强调多面表现物体的立体形态，主张用几何图形（立方体、球体和圆锥体等）作为造型艺术的基础。作品构图怪诞。

〔42〕 画室 冯雪峰（1903—1976）的笔名，浙江义乌人，作家、文艺理论家，中国左翼作家联盟领导成员之一。《新俄的演剧和跳舞》，日本昇曙梦撰，画室的译本1927年5月北新书局印行。

〔43〕 指梅川所译高尔基的小说《一个秋夜》和鲁迅所译布哈林的《苏维埃联邦从 Maxim Gorky 期待着什么》。

〔44〕 诺贝尔奖金 以瑞典化学家诺贝尔（A. B. Nobel，1833—1896）的遗产设立的奖金。分设物理、化学、生理学或医学、文学、和平事业五种。1968年起增设经济学奖。

〔45〕 Leov Tolstoy 列夫·托尔斯泰。Henrik Ibsen,亨利·易卜生(1828—1906),挪威戏剧家。著有《玩偶之家》、《国民公敌》等。

〔46〕 潘家洵(1896—1989) 字介泉,江苏吴县人,新潮社、文学研究会成员。曾任北京大学教授。译有《易卜生戏剧集》等。

〔47〕 语堂 林语堂(1895—1976),福建龙溪人,作家。曾任北京大学、北京女子师范大学教授,厦门大学文科主任。《语丝》撰稿人之一。

〔48〕 H. Ellis 艾利斯(1859—1939),又译霭理斯,英国心理学家、文艺评论家。G. Brandes,勃兰兑斯(1842—1927),丹麦文学评论家。E. Roberts(1886—1941),罗伯茨,美国作家。L. Aas,艾斯,挪威作家。有岛武郎(1878—1923),日本小说家。

〔49〕 青木正儿(1887—1964) 日本的中国文学研究者,京都大学教授。著有《中国近代戏曲史》等。

〔50〕 《时事新报》 1907年12月在上海创刊的日报。初名《时事报》,1911年5月改名《时事新报》。原为改良派报纸,辛亥革命后成为拥护北洋军阀段祺瑞的研究系的报纸。1918年增办副刊《学灯》,宣传新思潮。1927年后由史量才等接办。1935年为孔祥熙收买。1949年5月上海解放时停刊。

〔51〕 《终身大事》 胡适所作的以婚姻问题为题材的剧本,载1919年3月《新青年》第六卷第三号。下文的《天女散花》、《黛玉葬花》,是梅兰芳所演的京剧。

〔52〕 《Hedda Gabler》 《海得·加勃勒》,易卜生的剧本。译文连载于1928年3、4、5月《小说月报》第十九卷第三、四、五号。

〔53〕 《易卜生号》 《新青年》的易卜生专号(1918年6月第四卷第六号)。

〔54〕 指梅川所译挪威 L. Aas 的《伊孛生的事迹》、郁达夫所译英国 H. Ellis 的《伊孛生论》、鲁迅所译日本有岛武郎的《伊孛生的工作态度》、林语堂所译丹麦 G. Brandes 的《Henrik Ibsen》以及梅川所译英国 E. Roberts 的《Henrik Ibsen》。

〔55〕《卢勃克和伊里纳的后来》 日本有岛武郎评论易卜生剧作《死人复活时》的文章，鲁迅译。载《小说月报》第十九卷第一号，后收入《壁下译丛》。卢勃克和伊里纳（现译鲁贝克和爱吕尼）是剧中的主要人物。下文的"人"第一，"艺术底工作"第一呢？是易卜生通过这两个人物提出的问题。

〔56〕 指《叛逆者——关于罗丹的考察》、《草之叶——关于惠特曼的考察》和《密莱礼赞》。金溟若译，总题为《叛逆者》。

〔57〕 罗丹（A. Rodin，1840—1917） 法国雕塑家。主要作品有《青铜时代》、《思想者》、《加莱义民》等。他的创作对欧洲近代雕塑艺术的发展产生过重大影响。

〔58〕 戈谛克的精神 指十二世纪至十六世纪初欧洲出现的哥特式艺术的独创精神。

〔59〕 金君 即金溟若（1906—1970），浙江瑞安人。早年留居日本，当时在上海与董每戡合办时代书局。

〔60〕 这段英语的译文是：《罗丹的艺术》六十四张复制品，路易斯·温堡伯作导论，《现代丛书》第四十一本。价九十五美分，美国纽约波尼-拉夫拉特股份公司出版。

〔61〕 高村光太郎（1883—1956） 日本诗人、雕刻家。《Rodin》,《罗丹》。下文的 Ars，拉丁文：艺术。

〔62〕 Ivan Mestrovic 伊凡·美斯特罗维克（1883—1962），南斯拉夫雕刻家。主要作品有斯特罗斯马哲主教纪念像、捷克斯洛伐克总

统马萨里克像等。

〔63〕 Konenkov 柯宁科夫（С. Т. Коненков，1874—1971），苏联雕刻家。主要作品有《石头战士》、《М. 高尔基》、《И. П. 巴甫洛夫院士》等。

〔64〕《她的故乡》 英国作家赫德森（H. Hudson，1841—1922）著，荒野从《世界名著》丛书（《World's Classics》）之《现代英国散文选》（《Selected Modern English Essays》）中译出。

〔65〕 G. Sampson 桑普森（1873—?），英国文学史家。S. A. Brooke，布鲁克（1832—1916），英国神学家、作家。《Primer of English Literature》，《英国文学入门》。

〔66〕《Far Away and Long Ago》《远离和久隔》。下文的《Green Mansions》，《绿色的邸宅》；《The Naturalist in La Plata》，《在拉蒲拉塔的博物学家》；《The Purple Land》，《紫色的土地》；《A Shepherd's Life》，《牧羊人的生活》。

〔67〕《蔷薇》 克士译，载《奔流》第一卷第二期。P. Smith，史密斯（1865—1946），英国散文作家。著有《读莎士比亚作品札记》、《难忘的岁月》、《弥尔顿和他的现代评论》等。

〔68〕 White 怀特（W. H. White，1831—1913），英国作家。著有《马克·卢瑟福特自传》、《日志中的篇章》等。下文中的 Mark Rutherford，马克·卢瑟福特，是怀特的笔名。

〔69〕 引文中的《College English Reading》，《高等学校英语读本》；《A Handful of Clay》，《一握泥土》；Henry Van Dyke，亨利·范·戴克（1852—1933），美国作家。

〔70〕 指《迟暮》、《从深处》、《我恨不得杀却了伊》和《译 A. SYMONS 一首》。在《奔流》目录上总署"石民制"。下文的曹素功（1615—

集 外 集

1689），名圣臣，字昌元，号素功，徽州（今安徽歙县）人，清代制墨家。所制墨得康熙赐"紫玉光"三字而著名。

〔71〕 Arthur Rackham 阿瑟·拉克哈姆（1867—1939），英国画家。他曾为《爱丽丝漫游奇境记》、《格林童话》等书绘过插图。下文的《Æsop's Fables》，即《伊索寓言》，相传为公元前六世纪希腊奴隶伊索所作。

〔72〕《The Springtide of Life》《生命的春潮》，诗集，英国阿尔杰农·查尔斯·斯温勃恩（A. C. Swinburne, 1837—1909）1880 年作。下文所说"就是这一篇"，指《儿童的将来》，梅川译。

〔73〕 R. Dufy 杜菲（1877—1953），法国画家。主要作品有《巴黎的花园》、《向巴赫致敬》等。曾为阿坡里耐尔的《禽虫吟》作插画。

〔74〕 L. Pichon 比雄，法国作家。下面引文中的 G. Apollinaire，阿坡里耐尔（1880—1918），法国诗人、作家。《Le Bestiaire au Cortège d'Orphée》，《禽虫吟》，又译《奥尔菲的扈从》。

〔75〕 Deplanch 德普兰奇，法国的一个出版社。

〔76〕 堀口大学（1892—1981） 日本诗人、法国文学的研究者。他所译的《动物诗集》于 1925 年出版。鲁迅以"封余"的笔名转译了其中的《跳蚤》一诗。

〔77〕 指蕗谷虹儿为他自己的诗《坦波林之歌》（有鲁迅译本）所作的插图。

〔78〕 Ch. Sarolea 萨洛利亚（1870—1953），英国学者。著有《俄国革命》、《苏联印象记》等。他的《托尔斯泰传》曾由张邦铭、郑阳和用文言合译，1920 年上海泰东图书局出版。

〔79〕《托尔斯泰研究》 刘大杰著，1928 年商务印书馆出版。

〔80〕 列夫·托尔斯泰于 1856 年曾试图解放自己领地的农奴，在

1910年离家出走时写的遗嘱中又决定将世袭领地让给家乡的农民。1904年日俄战争期间,他曾给俄国沙皇和日本天皇写信,反对战争。

〔81〕 "灵魂的战士"(Doukhobor) 俄国对反正教仪式派教徒的称呼。这一教派出现于十九世纪中叶的俄国,他们主张禁杀戮、禁残暴,并认为上帝的精神存在于人们的灵魂里,与教会的一切仪式无关。他们也信奉托尔斯泰的学说,拒绝服兵役,受到沙皇政府的迫害,1885年被逐出俄国,迁居加拿大等地。

〔82〕 《回忆杂记》 指高尔基的《托尔斯泰回忆杂记》,郁达夫译。

〔83〕 Nekrassov 涅克拉索夫。参看本书第102页注〔7〕。

〔84〕 井田孝平(1879—1936) 日本天理大学俄语教授。他所译的《最新露西亚文学研究》,苏联李沃夫-罗加切夫斯基著,鲁迅重译了其中的《托尔斯泰》一章。

〔85〕 Korolienko 柯罗连科(В. Г. Короленко,1853—1921),俄国作家。著有小说《马卡尔的梦》及自传《我的同时代人的故事》等。

〔86〕 A. Lunacharski 的讲演 指卢那察尔斯基1924年在莫斯科的讲演《托尔斯泰和马克思》,鲁迅据日本经田常三郎的译文重译。

〔87〕 "少数党" Меньщевик(孟什维克)的意译。

〔88〕 "卑污的说教者" 创造社成员冯乃超在《文化批判》创刊号(1928年1月)发表的《艺术与社会生活》中说:"鲁迅这位老生——若许我用文学的表现——是常从幽暗的酒家的楼头,醉眼陶然地眺望窗外的人生……他反映的只是社会变革期中的落伍者的悲哀,无聊赖地跟他弟弟说几句人道主义的美丽的说话。隐遁主义!好在他不效 L. Tolstoy 变作卑污的说教人。"

〔89〕 Lvov-Rogachevski 李沃夫-罗加切夫斯基(В. Л. Львов-Рогачевский,1874—1930),苏联文学评论家。著有《近代俄国文学史概

要》、《安德烈耶夫论》等。

〔90〕 卢梭(J. J. Rousseau, 1712—1778),一译卢骚,法国启蒙思想家。著有《论人类不平等的起源和基础》、《社会契约论》和《忏悔录》等。

〔91〕 Plekhanov 普列汉诺夫(Г. В. Плеханов, 1856—1918),俄国早期的马克思主义理论家,后来成为孟什维克和第二国际的机会主义首领之一。主要著作有《论一元论历史观的发展》、《论个人在历史上的作用问题》、《艺术论》等。《Karl Marx 和 Leo Tolstoi》,《卡尔·马克思和列夫·托尔斯泰》。

〔92〕 札思律支(В. И. Засулич, 1849—1919) 通译查苏利奇,女,俄国孟什维克首领之一。

〔93〕 "根本不懂唯物史观" 杜荃(郭沫若)在《创造月刊》第二卷第一期(1928年8月)发表的《文艺战线上的封建余孽》一文中的话:"我读了他那篇随感录(按指《我的态度气量和年纪》)以后我得了三个判断:第一,鲁迅的时代在资本主义以前(Präs = Kapitalistisch),更简切的说,他还是一个封建余孽。第二,他连资产阶级的意识形态(Bürgerliche Ideologie)都还不曾确实的把握。所以第三,不消说他是根本不了解辩证法的唯物论。"

〔94〕 小泉八云(1850—1904) 日本文艺评论家、小说家。原名拉夫卡迪奥·海恩(Lafcadio Hearn),生于希腊,后入日本籍,改名小泉八云。曾任东京帝国大学和早稻田大学讲师。著有《陌生日本的一瞥》、《试论日本》等。下文所说的三篇讲义,指他关于托尔斯泰的三篇文章,即侍桁译的《艺术论》、《复活》、《求道心》。

〔95〕 "到民间去" 这原是十九世纪七十年代俄国革命运动中"民粹派"提出的口号,号召青年到农村发动农民反对沙皇统治,建立

"村社",以过渡到社会主义。"到民间去"这个口号,在五四运动及其后的一段时间里,对我国知识界有一定的影响。

〔96〕 成仿吾(1897—1984) 湖南新化人,文学评论家。创造社主要成员。早期主张文艺"表现自我",追求"纯文艺";后转向革命,倡导革命文学。他在《创造月刊》第一卷第九期(1928年2月)发表的《从文学革命到革命文学》一文第六节"革命的'印贴利更追亚'团结起来"中说:"克服自己的小资产阶级的根性,把你的背对向那将被'奥伏赫变'的阶级,开步走,向那龌龊的农工大众!以明了的意识努力你的工作,驱逐资产阶级的'意德沃罗基'在大众中的流毒与影响获得大众,不断地给他们以勇气,维持他们的自信!"

〔97〕 王独清(1898—1940) 陕西西安人,创造社成员。曾任广东大学教授。他在《我们》月刊创刊号(1928年5月)的《祝词》中说:"现在我们的文学还不能与普罗列搭利亚特接触,这是无容讳饰,但是我们第一步的工程却是很容易办到:便是唤醒一般'知识阶级'。"印贴利更追亚,俄语 Интеллигендия 的音译,即知识分子。

〔98〕 修善寺温泉浴场 日本北部伊豆半岛的一个休养场所。成仿吾于1928年夏曾到过这里。

〔99〕 Maiski 马伊斯基(И. М. Майский,1884—1975),曾任苏联驻日本代理大使。苏联科学院院士。1928年9月15日他在东京托尔斯泰纪念会上发表讲演,题为《托尔斯泰》,鲁迅的译文载《奔流》第一卷第七期。

〔100〕 《马克思主义者之所见的托尔斯泰》 日本国际文化研究所编译,1928年东京丛文阁出版。

〔101〕 "为艺术的艺术" 十九世纪法国作家戈蒂叶(T. Gautier)提出的一种唯美主义文艺观点(见小说《莫班小姐》序)。它认为艺术

可以超越一切功利而存在,创作的目的就在于艺术作品的本身,与社会政治无关。

〔102〕 《托尔斯泰自己的事情》 托尔斯泰的长子 L. L. Толстой(1869—1945)作,赵景深译。下文所引的一段英文,赵译为"他向医生说:'我所有的安排,都得取消。'"

〔103〕 指藏原惟人的《访革命后的托尔斯泰故乡记》,许霞(许广平)译。Iasnaia Poliana,雅斯纳雅·波良纳,托尔斯泰的故乡。

〔104〕 J. Drinkwater 杜林克华特(1882—1937),英国作家、文艺评论家。《The Outline of Literature》,《文学大纲》。

〔105〕 《Sphere》《环球》。英国作家、新闻工作者肖特(C. K. Shorter,1857—1926)于1900年创办的一种新闻周刊。下文的 Julius Hart 尤利乌斯·哈特(1859—1930),德国作家、文学评论家。

〔106〕 Riepin 列宾(И. Е. Репин,1844—1930),俄国画家。他的作品标志着十九世纪后期俄罗斯绘画艺术的最高成就。主要作品有《伏尔加河纤夫》、《临刑前拒绝忏悔》等。

〔107〕 谑画(Caricature) 即漫画。

〔108〕 Dostoievski 即陀思妥耶夫斯基。参看本书《〈穷人〉小引》及其注〔2〕。

〔109〕 《无轨列车》 文艺性半月刊。刘呐鸥主编。1928年9月创刊,上海第一线书店编辑发行,同年12月出至第八期被查封。第五期译载了保尔·雪华的《由托尔斯泰家里寄——百年祭通讯》一文。

〔110〕 读卖新闻 日本有较大影响的报纸之一,1874年11月创刊于东京。

〔111〕 Esenin 叶遂宁,俄国诗人。他是托尔斯泰的孙女婿。参看本书第117页注〔14〕。

〔112〕　《日露艺术》　1925年创刊于东京,日露艺术协会发行。

〔113〕　赵景深(1902—1984)　四川宜宾人,文学研究会成员。当时任上海开明书店编辑、《文学周报》主编。下面引文中的Anna Stannard,安娜·斯坦纳德。《Anna Karenina》,《安娜·卡列尼娜》。P. E. N.会,国际笔会。Galsworthy,高尔斯华绥(1867—1933),英国作家。Stendhal,司汤达(1783—1842),法国作家。Balzac,巴尔扎克(1799—1850),法国作家。Flaubert,福楼拜(1821—1880),法国作家。Maupassant,莫泊桑(1850—1893),法国作家。Mirbeau,米尔博(1850—1917),法国作家。M. Bienstock,宾斯妥克,法国作家。Eugène Melchior de Vogüe,欧仁·梅尔基奥尔·德·弗居耶(1843—1910),法国文学评论家。M. Rappoport,拉拍波特(1865—1941),法国新闻记者,曾任法共中央委员。

〔114〕　《文学周报》　文学研究会的机关刊物,1921年5月在上海创刊,原名《文学旬刊》,是《时事新报》副刊之一,郑振铎、谢六逸、叶圣陶、赵景深等编辑。1923年7月改名《文学》(周刊),1925年改名《文学周报》,独立发行,1929年6月停刊,先后约出四百期。1928年9月该刊曾出《托尔斯泰百年纪念专号》。《文化战线》,周刊,上海现代文化社编辑,1928年5月创刊。

〔115〕　指小泉八云的《十九前半世纪英国的小说》,侍桁译,连载于《奔流》第一卷第八、九、十期。

〔116〕　伊发尔(Ivanov)　应作伊文(А. А. Ивин,1885—1942),苏联文学家。当时在北京大学教授法文、俄文,曾将《儒林外史》的一部分和彭湃的《红色的海丰》和《彭湃手记》等书译成俄文。铁捷克,即特烈捷雅柯夫(С. М. Третьяков,1892—1939),苏联作家,曾在北京大学教授俄文。

〔117〕　《十二个》　苏联作家勃洛克的长诗,胡斆译,鲁迅写有

《后记》(收入《集外集拾遗》),1926年北新书局出版,为《未名丛刊》之一。

〔118〕 Sologub 梭罗古勃(Ф. К. Сологуб,1863—1927),俄国作家。作品多写颓废变态心理,充满悲观情绪,歌颂死亡。著有长篇小说《小鬼》、《死人的魔力》等。下文说译载了他的一篇短篇,指《饥饿的光芒》,蓬子译。

〔119〕 《炸弹和征鸟》 长篇小说,白薇作。连载于《奔流》第一卷第六期至第二卷第四期。

〔120〕 这是郑伯奇的话。参看《二心集·"硬译"与"文学的阶级性"》第五节。

〔121〕 王羲之(321—379) 字逸少,琅琊临沂(今属山东)人,后居绍兴,东晋文学家、书法家。

〔122〕 乌托邦 拉丁文 Utopia 的音译。源于英国空想社会主义者汤姆士·莫尔在1516年所作的《关于最完美的国家制度和乌托邦新岛的既有益又有趣的金书》(简称《乌托邦》)。作者描写了一个称作"乌托邦"的社会组织,寄托着空想社会主义的理想。由此"乌托邦"就成了"空想"的同义语。

〔123〕 孙用的译诗即莱蒙托夫的《帆》、《天使》、《我出来》、《三棵棕榈树》。下面引文中的《Ismail-Bey》,《伊思迈尔总督》。

〔124〕 郁达夫在所译《托尔斯泰回忆杂记》的附记中说:"当高尔基在意大利听到托尔斯泰的出奔及死去的时候,写给他友人的一封未完的信,在这信里于悲悼痛哭之余,又加了许多颂词及当他和托尔斯泰在一道的时候的追忆杂事进去。但这一封信,现在拟暂且不译它。"这信即1910年写给柯罗连科的《一封信》。

〔125〕 E. Dowden 道登(1843—1913),爱尔兰文学评论家。著

有《文学研究》、《莎士比亚初阶》、《雪莱传》等。这里所说的论文指他的《法国文评》,语堂译,连载于《奔流》第二卷第一、二期。

〔126〕 野口米次郎(1875—1947) 日本诗人。著有《夏云》、《站在山上》、《日本诗歌论》等。

〔127〕 Yeats 叶芝(1865—1939),爱尔兰戏剧家、诗人。著有诗剧《心愿之乡》,诗集《袤辛漫游记》等。Synge,辛格(1871—1909),爱尔兰剧作家。著有剧本《骑马下海的人》、《西域的健儿》等。

〔128〕 Dante 但丁(1265—1321),意大利诗人,主要作品有《神曲》、《新生》。Pushkin,普希金(А. С. Пушкин,1799—1837),俄国诗人。著有《寄西伯利亚囚徒》、《茨冈》、《欧根·奥涅金》等。

〔129〕 指五色旗,1911 年至 1927 年中华民国的国旗,由红、黄、蓝、白、黑五色横列组成。

〔130〕 "少年威德" 威德,通译维特,德国歌德(1749—1832)著小说《少年维特之烦恼》的主要人物。

〔131〕 "突变" 这是当时创造社一些人提倡革命文学时的一种说法。如石厚生(成仿吾)在《创造月刊》第一卷第十一期(1928 年 5 月)发表的《毕竟是"醉眼陶然"罢了》中说:"我们这次的前进,在我们自己只不过是当然的事,但是在素来与我背道而驰的人,这一定不免要说是'突变'——这是不难理解的。"

〔132〕 卷末的一篇指英国纳什(J. Nash)的《木刻的历史》,真吾译。Douglas Percy Bliss,道格拉斯·珀西·布利斯;《A History of Wood-Engraving》,《木刻史》。

〔133〕 这两段英文的译文是:《现代木刻》,赫伯特·福斯特著,1924 年伦敦约翰·雷恩出版公司出版,书价四十二先令。《当代国内外木刻》,萨拉蒙编撰,1927 年伦敦摄影有限公司出版,书价七先令

六便士。

〔134〕 A. Mickiewicz 密茨凯维支,波兰诗人。主要作品有《青春颂》、《先人祭》和《塔杜施先生》等。《小说月报》第十七卷第十期(1926年10月)载有郑振铎的《文学大纲·十九世纪的波兰文学》一文,对密茨凯维支作了详细论述。

〔135〕 指《三个布德力斯》和《一个斯拉夫王》,孙用译。

〔136〕 密茨凯维支纪念像 1929年4月28日在巴黎阿尔马广场落成。法国布尔德尔(1861—1929)雕塑。《奔流》刊有这一雕像的全景和细部照片四幅。

〔137〕 《青春的赞颂》 即《青春颂》,石心译。

〔138〕 I. Matsa 马察(1893—?),匈牙利文艺评论家。1919年匈牙利革命失败后流亡苏联。著有《现代欧洲的艺术》、《西欧文学与无产阶级》、《理论艺术学概论》等。下文的《艺术及文学的诸流派》,雪峰译,题为《现代欧洲艺术及文学诸流派》,连载于《奔流》第二卷第四、第五期。

〔139〕 "打发" 成仿吾在《文化批判》第二号(1928年2月)发表的《打发他们去》一文中的用语:"把一切封建思想,布尔乔亚的根性与他们的代言者清查出来,给他们一个正确的评价,替他们打包,打发他们去。"

〔140〕 卢那察尔斯基的原话是:"艺术家的伟大的主人翁——那是广告家,艺术作品的贩卖者——最近也明白而且嗅到了这方面的事,他们不但买卖有名的名氏和伪造物,并且喜欢制造新的名氏起来了。在什么地方的楼顶房里住着的人,他——说得好,是病底地强于自爱的不遇的人,说得坏,是骗子。"(见鲁迅译《文艺与批评·今日的艺术与明日的艺术》)

〔141〕 高长虹（1898—约1956） 山西盂县人,狂飙社主要成员。

〔142〕 ☲ 方善境的署名符号。

〔143〕《美育》 即《美育杂志》,不定期刊物,李金发、屐妲编辑。1928年1月创刊于上海,1929年10月出至第三期停刊,后于1937年1月在广州复刊。

〔144〕《朝花旬刊》 朝花社继《朝花周刊》后出版的文艺旬刊,鲁迅、柔石合编。《朝花周刊》1928年12月6日创刊于上海,共出二十期。1929年6月1日改出旬刊。同年9月21日出至第十二期停刊。

〔145〕《子见南子》 林语堂所作的独幕剧,发表于《奔流》第一卷第六期。1929年6月曲阜山东省立第二师范学校学生公演此剧时,当地孔氏族人以"公然侮辱宗祖孔子"为由,联名向教育部提出控告,结果该校校长被调职。参看《集外集拾遗补编·关于〈子见南子〉》。

〔146〕 这里说的"鸟瞰",指赵景深从1927年6月起,陆续在《小说月报》、《文学周报》上发表的介绍世界文学概况的文章。

〔147〕《彼得斐行状》 奥地利奥尔佛雷德·德涅尔斯作,白莽译。

〔148〕 "nation" 德语:"民族"或"国民"。鲁迅在《南腔北调集·为了忘却的记念》中曾说:"夜里,我将译文和原文粗粗的对了一遍,知道除几处误译之外,还有一个故意的曲译。他像是不喜欢'国民诗人'这个字的,都改成'民众诗人'了。"

〔149〕《裴彖飞诗论》 匈牙利籁息所著《匈牙利文章史》的一章,鲁迅(署名令飞)译,载1908年8月《河南》月刊第七期。《河南》,我国河南留日学生创办的月刊,程克、孙竹丹等主编。1907年12月创刊于日本东京,1908年12月停刊。

〔150〕《沉钟》 文学刊物,沉钟社编辑,1925年10月创刊于北

京。初为周刊,共出十期后停刊。次年8月复刊,改出半月刊,1927年1月出至第十二期停刊。1932年又复刊,1934年2月出至新三十四号停刊。冯至的论文《Petöfi Sándor》(《裴多菲·山陀尔》),载该刊第二期(1926年8月)。冯至(1905—1993),河北涿县人,诗人。沉钟社主要成员。

〔151〕 L.S.　即鲁迅。鲁迅的译诗共五首,载《语丝》周刊第十一期(1925年1月26日),总题为《A. Petöfi的诗》。其中《愿我是树,倘使你……》、《我的爱——并不是》两首,与白莽所译《我要变为树……》、《我的爱情——不是……》相重复。

〔152〕 孙用所译的《勇敢的约翰》,后于1931年10月由上海湖风书局出版。

〔153〕 契诃夫(А. П. Чехов,1860—1904)　俄国作家。写了大量短篇小说及剧本。下文所说的《爱》,短篇小说,王余杞译;《熊》,剧本,杨骚译。

〔154〕 指《契诃夫与新文艺》,俄国李沃夫·罗加切夫斯基作。

〔155〕 J. Aho　约·阿河(1861—1921),又译哀禾,通译尤哈尼·阿霍,芬兰作家。下文所说的"这一篇",指他所作的短篇小说《一个残败的人》,郁达夫译。

〔156〕 Päivärinta　配伐林泰(1827—1913),芬兰作家。《Reclam's Universal Bibliothek》,通译《莱克朗氏万有文库》,又译《莱克兰世界文库》,1867年德国出版的一种文学丛书。

〔157〕 Type　英语:典型。

〔158〕 F. Poppenberg　菲·璞本白耳格,德国文学评论家。他的《阿河的艺术》一文对阿河及其小说《爱丽的结婚》作了评介。

〔159〕 郁达夫在《阿河的艺术》译后附记中说,翻译时"觉得原著

者的文章实在太华美不过,弄得我这一向是读书不求甚解的胡涂译者不得不连声的叫苦。最后费了六七天的气力,总算勉勉强强地终把这篇论文译出来了"。

〔160〕 Kogan 戈庚(П. С. Когaн,1872—1932),苏联文学史家,莫斯科大学教授。著有《西欧文学史概论》、《古代文学史概论》等。他关于高尔基的短文,题为《玛克辛·戈理基论》,洛扬译。

〔161〕 指高尔基1928年10月7日发表于苏联《真理报》的《给苏联的"机械的市民们"》,雪峰译。这是一封驳斥反苏维埃谬论的公开信。给高尔基写信的人在信中自称为"机械的地成为苏联底市民的居住人"。

〔162〕 "狮子身中虫" 原为佛家的譬喻,指比丘(和尚)中破坏佛法的坏分子,见《莲华面经》上卷:"阿难,譬如师(狮)子命绝身死,若空、若地、若水、若陆所有众生,不噉食彼师子身肉,唯师子身自生诸虫,还自噉食师子之肉。阿难,我之佛法非余能坏,是我法中诸恶比丘,犹如毒刺,破我三阿僧祇劫积行勤苦所积佛法。"(据隋代那连提黎耶舍汉文译本)这里指混入革命阵营的投机分子。

〔163〕 张勋(1854—1923) 江西奉新人,北洋军阀之一。行武出身,1911年(辛亥)10月武昌起义后,他顽抗革命军,被击败后退守徐州一带。他和所部官兵仍留着辫子,表示忠于清王朝,被称为辫子军。1917年7月1日他在北京扶持清废帝溥仪复辟,7月12日即告失败。

〔164〕 《醒狮》之流 指以曾琦、李璜、左舜生为首的"醒狮派"。他们于1923年建立"中国国家主义青年团",1924年刊行《醒狮周报》,极力鼓吹"国家主义",反对共产党及其领导下的人民革命运动。

〔165〕 蒋光Y 指蒋光慈(1901—1931),曾名蒋光赤(大革命失败后改"赤"为"慈"),安徽六安人,作家,太阳社主要成员。著有诗集

《新梦》,小说《短裤党》、《田野的风》等。当时蒋光慈在日本。or,英语:或者。

〔166〕 V. Lidin 符·理定(В. Г. Лидин,1894—1979)通译里进,苏联"同路人"作家。这一期《奔流》上载有鲁迅所译的《VL. G. 理定自传》。

〔167〕 指《丹麦的思想潮流》,丹麦尤利乌斯·克劳森(S. Claussen,1865—1931)作,友松译。

〔168〕 指丹麦作家严森(J. V. Jenscn,1873—1950)的诗《母亲之歌》、《盲女》(梅川译)和小说《失去的森林》(柔石译);J·奥克亚(J. Åkjaer,1866—1930)的诗《裸麦田边》(柔石译)。

〔169〕 Jacobsen 雅各伯森(1847—1885);Bang,班恩(1857—1912)。都是丹麦作家。

〔170〕 跋佐夫(I. M. Vazov,1850—1921) 通译伐佐夫,保加利亚作家。著有长篇小说《轭下》、剧本《升官图》等。这一期《奔流》刊有他的回忆文《过岭记》,孙用译。鲁迅曾译他的小说《战争中的威尔珂》,载1921年10月《小说月报》第十二卷第十号"被损害民族的文学号"。

〔171〕 茅盾(1896—1981) 即沈雁冰,笔名茅盾,浙江桐乡人,作家、文学评论家,文学研究会主要成员。曾主编《小说月报》。著有长篇小说《蚀》、《子夜》等。大革命失败后,他曾遭到国民党政府的通缉。

〔172〕 确木努易(Н. Темный) 俄国作家拉扎列夫(Н. А. Лазарев,1863—1910)的笔名。他的小品,指《青湖记游》,鲁迅译。

〔173〕 指雪峰所译匈牙利马察的《现代欧洲的艺术与文学诸流派》和鲁迅所译卢那察尔斯基的《苏维埃国家与艺术》。

〔174〕 《文艺与批评》 卢那察尔斯基的论文集,鲁迅译。1929年10月上海水沫书店出版,为《科学的艺术论丛书》之六。